호랑가시나무는
모항에서 새끼를 친다

파란시선 0035 호랑가시나무는 모항에서 새끼를 친다

1판 1쇄 펴낸날 2019년 5월 10일
지은이 김영자
디자인 최선영
인쇄인 (주)두경 정지오
펴낸이 채상우
펴낸곳 (주)함께하는출판그룹파란
등록번호 제2015-000068호
등록일자 2015년 9월 15일
주소 (10387) 경기도 고양시 일산서구 중앙로 1455 대우시티프라자 B1 202호
전화 031-919-4288
팩스 031-919-4287
모바일팩스 0504-441-3439
이메일 bookparan2015@hanmail.net

ISBN 979-11-87756-38-5 04810
979-11-956331-0-4 04810 (세트)

값 10,000원

*이 책의 국립중앙도서관 출판예정도서목록(CIP)은 서지정보유통지원시스템 홈페이지(http://seoji.nl.go.kr)와 국가자료공동목록시스템(http://www.nl.go.kr/kolisnet)에서 이용하실 수 있습니다.(CIP 제어번호: CIP2019015144).

호랑가시나무는
모항에서 새끼를 친다

김영자 시집

시인의 말

그늘을 만져 보다가

어둠을 접어 보다가

나무를 본다

문을 활짝 열어야겠다

차례

제2부

제3부

제4부

해설

제1부

벨링포젠 고원에서

생것이었어 날것이었어 마른 벌판, 살아 있는 것이 없을 것 같은 그 가슴주머니 속에서 작은 풀들이 돋아났어 해가 쏟아지고 비가 내렸어 키 작은 풀들은 숨소리 끌어안고 한 켜 한 켜 말씀을 쟁이면서 어깨뼈의 고통 없이 태어난 태초의 살이 되고 싶었어 눕고 싶었어 물 사발, 맑은 물그릇처럼 높은 그곳에서 몸을 눕히고 싶었어 둥근 배꼽을 열어 놓으신 하느님의 탯줄을 타고 누워서 피는 물렁물렁한 잎사귀들의 꽃으로

●벨링포젠 고원: 노르웨이에 있는 해발 1,500m의 광활한 고원.

각시붓꽃

어둠 한 줌씩 떠내면서 새벽 햇살을 기다리며 들여다보다 더 들여다보다 그만 삽질을 했다 움켜잡은 손가락뼈 사이, 나는 왜 너를 갖고 싶었을까

점퍼를 벗어 감싸 안고 내려오는 동안 맨손 떨림으로 입 맞추고 입 맞추며 너를 품고 싶었던 까닭, 그 까닭은 어디에서 왔을까

해가 지나고 몇 해가 더 지났는데 각시붓꽃 가슴속 내 각시야 보랏빛 너를 안고 내려온 내 야윈 꽃삽이 부끄러워 송두리째 너를 탐낸 새벽이 더 부끄러워 손은 자꾸만 흰 달 속으로 간다

생문(生門)

산수국 잎사귀 뒷면에서는 빈방 냄새가 난다

햇살과 바람이 놀다 가기도 하지만
빈방이 허공처럼 부풀어 오르면
하늘바라기 헛꽃들은 호객 행위를 끝낸다

허방의 꽃들은 소리 내지 않고 운다
지상의 풍경 냄새를 끌어안고 속삭인다

상서로운 문이 곧 열리면
어린 꽃살들이 잔뜩 물을 머금고
몰려올 것이라고 말한다
우리가 반쯤 늙어 가고 있을 때에

진짜배기 참꽃이 몸을 여는 순간
생의 씨앗은 문을 열고 곧 부풀어 오를 것이므로

꽃문

꽃의 살을 만질 수 있다 그곳에 가면
흰 꽃숭어리들이 문밖에 서 있어
젖은 까닭을 물으면서
그 어깨를 툭툭 건드릴 수 있다

손이 손에게 스며드는
깨끗한 탯줄을 타고
서로가 서로에게 젖어드는
문살에서 피는 꽃줄기를 보면서
내소사 그 오래된 집에 가면
헐렁한 속살을 칭칭 감고
천년 나무의 몸속에 들어설 수 있다

젖은 까닭과 발가벗은 촉감이 엉켜
접목하는 순간
목수 예수는 몸속에서 짐을 풀고
먹줄을 잡아당기며 웃었다
꽃 덩굴을 새기는 중이었다

경계를 풀어 겹치는 꽃의 내부와

젖은 살의 이력과
쌓이고 쌓인 귀의 퇴적은
이동하는 뿌리는
오래된 집의 날개를 들고
꽃문을 그렇게 활짝 열고 있었다

번행초

껴안고 함께 피었다
꽃잎 한 장 떨어져 있도록
허락하지 않았다
감추지도 않았다
노란 종소리를 내며
피울수록 가슴이 깊어지는 꽃
종소리를 내지 않고도
딱딱한 돌기가 될 때까지
돌 틈에서 피고 있는 꽃
제주 북쪽 해변 산책길에서
초면으로 만난 번행초는
낯을 가리지 않았다
보랏빛 갯무꽃과 살을 섞으면서
함께 걷는 기술을 넘겨주었다
물기가 부족해도 꽃을 피웠고
바람이 거칠어도
햇당근처럼 웃으면서
누군가를 위해 반짝이는 길을 넘겨주었다

귀룽나무

숲의 체온은 담백했다 겨울 햇살 맛이었다 안으로 들어갈수록 향긋했고 겨울눈을 품고 있는 주름의 깊이는 아늑해서 묵은 뿌리에 내린 지난밤의 별들이 아직도 한 몸중이었다

홍릉수목원 나무병원 앞을 지나자 혈색 좋은 귀룽나무 한 그루가 나를 불러 세웠다 악수를 청하다가 그만 그의 검은 알몸을 쓰다듬고 말았다 까만 살결 모서리에 켜켜이 쌓여 있는 따스함은 살비듬 사이사이로 올라와 있는 이 생의 마력

분명한 것은 볼륨이었다 통째로 잠든 흰 꽃숭어리의 볼륨은 혹독한 겨울 옆구리에서 금방이라도 튀어나올 것만 같아 휘청거렸다 피워 내는 일보다 더 휘청거리는 일이 있을까 꽃범벅 휘어지는 무게만큼 황홀한 것이 또 있을까 출산을 앞둔 그녀의 몸이 내 품속으로 들어와 진통을 시작한다

귀룽나무 부풀어 오르는 홍릉 숲의 근육은 봄이다

레후아꽃

내가 그를 들여다보았을 때
그을린 몸에서 꽃이 피고 있었다
발효되는 중이었다
붉은 머리카락처럼
솜털처럼 부드러운 꽃숭어리
레후아꽃이 피어나는 날은 화창하다는데
화창하게 발효되는 중이었다
한 몸이 되는 곳에 얼굴을 묻고
한 몸이 되는 계절에 돌아눕지 않고
레후아를 다시 품은
오히이나무는 검게 타고 있는데
꽃이 지면 비가 올까
헤어지는 눈물의 전설
그 비가 내리면
빅 아일랜드 검은 몸에서
펠레의 불꽃 울음소리를 들을 수 있다지
물처럼 푸른 하늘이 붉은 꽃잎 속에서
나를 들여다본다
꽃비늘 함께 떨어지는 시각
휘청거리는 이 어지러움

내가 지금 발효되고 있는 중일까

●하와이 빅 아일랜드에는 '불의 여신 펠레'의 질투로 검게 그을린 오히이나무와 붉은 레후아꽃(Lehua Blossom)이 한 몸의 나무가 되었다는 사랑의 전설이 있다.

동백나무 숲에 모이다

땅에 내려와서 다시 피는 붉은 꽃
그 꽃 시간, 꽃의 시간에
60년 되어 만난 친구들이
서로의 주름을 읽으면서 논다

생의 속도가 한자리에 모여
잠시 멈추고 되돌리며
그늘 한 장씩은 어깨 뒤로 넘기면서
밤이 깊도록 쌓인 안부를 묻고
밤이 더 깊어지도록 놀고 있다

아름다운 귀환이다

유년의 햇살을 한 가닥씩 찾아내는
선운사 뒤안 그 동백나무 숲에서
맨발의 아이들과 맨손의 아이들은
갓 태어난 울음 냄새를 알 수 있을까

함께 웃는 귀들이 모여서
나이를 더 많이 먹는 날

반짝반짝 빛나는 생잎 뒤에서
한 움큼씩 먹은 나이 덜어 낼 수 있을까

나무는 걷는다

선운사 입구에 들어서면 나무들이
본색, 본색을 드러낸다

말갛게 들여다보이는 물속에
옷도 벗지 않은 채 들어가
보이지 않는 뿌리를 하늘로 들어 올리고
조금씩 수줍어한다
평온한, 저 면경 같은 물속에서
부끄러워한다 조금씩 더 부끄러워한다

햇살 한 줌으로 물구나무서는 나무들이
배꼽을 드러내고 성찰하는 오후
늙은 나무의 무게보다 더 찬란했을
새잎 한 장 태어나는 유쾌한 황홀로
바람이 걷는다
햇살이 걷는다
젖은 나무들이 걷는다
뿌리를 끌어안는 생잎사귀들은 속삭인다

좀 쉬어 가도 괜찮아요

절정이다 싶으면
잠시 머물다 가도 괜찮아요
몸속에 푸른 바람이 생기고 있으니
라일락 꽃숭어리처럼 안고 가세요
우듬지에 담아서 나누어 가세요

서로서로 손을 잡고 가슴 껴안는
따스한 날 물속에서 걷는다
제 무릎 아래 꽃무릇 세상 만드는 선운사의 나무들은

별의 내부

시라무런 초원에 세 들어 살기로 했다
아오바오를 세 바퀴 돌면서
작은 돌을 올려놓으면서
오늘 밤 초원에 쏟아지는 별 무더기무더기
만나 보고 싶다는 정갈한 기도를 했는데

이 장엄한 시간에 어인 잠이랴
새 떼처럼 모여 날개를 활짝 펴는 별들이
유리 창문 밖에서 춤을 추고 있다니

게르 밖으로 나오자
밤이면 밤마다 어린 날개를 열고
하늘을 날았던 꿈의 촉감이
온 몸속에서 피어오르는 꽃의 즐거움이
찌릿찌릿한 떨림으로 내 몸 감아올리니

수많은 전봇대 위를 스쳐 올라
산과 들을 건너 비행하던
어린 날의 깊은 잠 속에서
별과 달 사이를 날아다니던 그리운 감각

누가 우리를 별의 먼지라고 했던가
초원에 내려온 별들의 귀에 속삭인다

하루만 세 들어 살기로 한 초원에서
수없이 태어나는 별들의 내부를
들여다보니 밤을 새워 들여다보니
둥근 집이다 자두 꽃밭이다
자두나무 아래 어린 내가 혼자 서 있다
별 하나 사라져 가는 길 별똥별도 혼자서 간다

●아오바오: 몽골인들이 초원 곳곳에 산재하는 흙, 돌, 풀 등으로 쌓아 올려 경계나 이정표로 삼은 무더기로, 제사를 드리기도 한다.

호랑가시나무는 모항에서 새끼를 친다

호랑가시나무는 모항(茅港)에서 새끼를 친다 자꾸만 새끼를 치더니 무릎 꿇는 어미의 몸은 모서리를 풀어 풀어 둥글다 어리디어린데도 제법 도톰해진 새끼들의 얼굴 그 각점(角點)의 기운은 도도하고 다부져서 얼굴 살이 올라서 이목구비가 훤칠해져서 칠산 바다 빛으로 반짝거리는 생의 즐거움

그러나 팽팽한 이야기, 여기서 태어나는 절정의 순간에 뿌리내렸던 어미는 모항의 해풍을 품어 안고 따스하고 작은 항구에서 제 살을 깎아 시퍼렇게 솟아오르던 시절을 통과하는 늙은 나무의 순례기

모서리를 풀어놓는 일은 뾰족한 살의 각도를 깎아 내는 일 삶의 둥지를 한바탕 놀이마당으로 여는 일 어미는 자꾸 모서리를 깎는데 새끼들은 자꾸만 모서리를 만드는 모항에서 호랑가시나무가 붉은 나룻배를 탄다

꽃폭풍

폭풍이 몰려왔다 휘몰아왔다
한 사흘 몰아치더니 꽃천지 꽃사태다
시간을 나누어 피더니만
어인 일로 한꺼번에 몰려왔는지
꽃에 취하고 있는 중이라고 말하는데
친구는 꽃들이 반란을 일으키고 있다 하고
키 큰 이 시인은 무섭다고 했다
정신이 번쩍 났다
사이사이에 무슨 일이 일었을까
꽃들의 웅성거림
모든 꽃들이 한순간에 나를 바라보며
너는 무섭지 않느냐고 물었다
꽃들은 모두 허공에 앉아 있었다
분명한 것은 곧 떠날 것이라는 것과
막다른 길이 너무 팽팽해졌다는 것이다
백화제방(百花齊放)을 읊조리며
불길한 마음을 내려 보내려고
올려다보니 오래된 공중에서 꽃잎들은
푸른 방울토마토처럼 내려오고 있다

브로콜리 꽃 피다

행간을 더듬다
행간을 더듬다 보니
어제와 오늘이 다르다

제주도에서 키웠다는
브로콜리 한 상자를 들고 온 친구는
꽃 피기 시작하는 것도 부드럽다며
두고두고 먹으란다

브로콜리의 행간에 내장된
아, 내장된 꽃 덩어리들이 노랗게 피어나다니
오늘에서야
브로콜리도 꽃을 피울 수 있다는
오늘에서야 어머니의 옷깃에도
노란 꽃 브로치가 어울릴 수 있다는 것을
알게 되는 미욱함이여

꽃 브로치 하나 사 들고
어머니의 맨살을 만져 본다
스쳐 지나다 보면

모르는 것들이 수두룩한데
브로콜리 꽃 한 숭어리 허공에 꽂으며
겹친 얼굴을 본다
외할머니와 어머니 꽃문양이 겹친다

오이꽃

팔순의 어머니 오이씨를 뿌리셨다
아파트 화단 흙을 퍼 올까 생각했지만
땅의 모서리를 훔쳐봤지만
단단하고 푸석해서 망설이다가
고봉산 자락 밑 흙을 빈 화분에 가득 채웠더니
아침나절 두 손으로 흙을 만드셨다
흙이 기름지다며
뼈 드러난 손으로 새 땅 빚으시더니
간밤 손바닥에서 반짝거리던 별을 심으셨다

씨 뿌리고 가신 후에

물은 잘 주고 있는지 싹은 나왔는지 너무 촘촘하면 옮겨 주어야 한다 창문은 활짝 열어 놓고 줄기 뻗으면 막대를 구해서 잘 세워 주어야 한다 전화벨 소리, 시간의 길이를 재셨는가 무게를 달고 계셨는가 첫 오이꽃 피던 날 이른 아침 꽃의 안부를 물으셨다

꽃이 피었다
샛노란 오이꽃이 다닥다닥 필 줄이야

피었다가 떨어지고 피었다가
떨어져 여름 내내 꽃만 피우더니 오이는 열렸을까

한여름 밤 어머니의 오이꽃 별자리에서 별들이 뜨고 있었다

나무는 나무에게 간다

—카필라노 서스펜션 브리지를 건너며

이끼를 품고 있는 나무의 근육은
나무의 껍질을 스쳐 가는 새들의 여유는
커다란 몸과 숲의 짐승과
끝이 보이지 않는 숲의 일몰과 일출은
낯설고 익숙해지며 잠시 흔들리더니
오래된 집 마당에 핀 몇 송이의 맨드라미
대낮 그 붉은 꽃 덩어리 속에서 흔들린다
다리를 건너면
늙은 나무들의 품에서
죽은 몸은 죽어 있는 것이 아니라
다시 태어나는 중이라고
새 목숨 품어 안고 부화하는 중이라고
숲의 귀를 올리며 햇살을 만나고 있다고 말한다
우리, 흔들다리의 발끝을 붙들고 함께 건널 때
숲의 근육이 탱탱해지는 순간을 느끼지 않았던가
나무와 나무 사이에 묵혀 있던
오랫동안 엉켜서 살던
낮은 풀들의 어깨에서 살다간 흔적들이
흔들리지 않았던가
죽은 몸과 몸 사이에서 돋아난 어린 숲이

맑은 종아리를 드러내고 뜀박질을 할 때
사라질 것처럼 보이는 부스러진 몸에서
순하디순한 꿈들이 쏟아져 나오지 않았던가
나무에게 간다
나무는 나무에게 간다 껍질을 벗고
나무가 나무에게 다시 가는 길
날아가는 새 한 마리는
가지와 가지 사이에서 잠자는 잎사귀들이
어린 싹들이 얼마나 눈부시고 달콤한지
끌어안아 보란다
입을 맞추어 보란다 여린 잎 같은
봄날 같은 나무의 몸에서 새들이 살고 있다

•카필라노 서스펜션 브리지(Capilano Suspension Bridge): 캐나다 밴쿠버에 있다. 두 절벽을 가로질러 로프에 매달린 흔들다리를 건너면 나무와 나무 사이에 다리를 놓아 Tree Top Adventure를 즐길 수 있다. 'Nurse tree'라 불리는 죽은 나무에서 어린 나무들이 많이 자라고 있다.

소광리에서 금강송 품다

붉은 숨, 그 숨기운이 도는 날에
몸체가 모두 붉은 것이 아니었지만

오백 년을 품어 안은 노송의 어깨 뒤로
살짝 숨어 있듯 비켜 서 있는
젊은 나무의 붉은 몸이
눈부셨다는 것을 이제야 알겠다

품어 안으니 뿌리를 내리고 있어
발목이 붉은 엄숙한 경전이었음을
소광리를 떠나온 후에야 알겠다

대광천을 지나 그 숲에 들어섰을 때
내 몸이 붉어진 까닭을 이제야 알겠다

부풀어 오르는 숲의 곡선을 흔들며
마주 보는 만병초들에게 온몸으로
제 스위치를 눌러 주고 있었다는 말
그 말, 주고받으며 우리 떠나올 때에

푸른 별들과 붉은 별들이 어우러져
금방 사라져 갈
흰 별들과 함께 살고 있다는 숲의 몸에서
늙은 어미의 몸에서
흘러나오는 새소리를 듣고 난 후에야 알겠다

무릎이 따뜻한 나무들이
서로 껴안고 날아오르는 신전이었음을

제2부

가벼운 것이 좋다

날이 갈수록 가벼운 것이 좋아진다 가벼워진다는 것은 무릎의 각도를 펴고 바람을 쐬는 일 조금 더 무게를 덜어 내며 무게와 무게 사이로 물길을 내는 일이다

물들이 지나가는 것을 바라보며 차곡차곡 챙겨 넣어 두었던 계단 아래 창고 속에서 탈출하는 아침, 평퍼짐하고 가장 가벼운 옷을 고른다 색깔도 맵시도 다 버리니 매달릴 일 없어 잠시 누워 있다 일어나기도 하고 그대로 다시 누울 수 있으니 좋다

살 안에서 살 밖으로 살 밖에서 살 안으로 드나들 수 있으니 묶인 것들을 적시고 적신 것들을 다시 풀어 햇살에 내어 놓으니 아침이 솜털처럼 웃는다 향낭이다

달은 사막에서 운다

재스민 향기가 났다 대협곡의 옆구리에서 별이란 별들이 모여 숨 가뻤다 콜로라도 강물을 품은 채 멈추어 있는 그랜드캐니언 그의 정수리에서 짐승이 운다 여름 한밤중에 짐승들이 울어 울어 깊어지는 울음의 진동, 잠금장치가 풀렸나 보다 한나절 내내 사막을 건너온 내게서 젖은 사막 냄새가 났을까 달 울음소리 들리는 걸 보니 사막의 파장(波長)이 나를 감싸고 있음이 분명하다 달을 보고 우는 한 마리의 짐승 때문에 달이 울고 그 울음 때문에 또 다른 짐승이 울고 그 울림을 먹고 울림으로 내려온 달이 혼자서 사막을 건너고 있다 맥박이 빨라진다 꼼짝할 수가 없다 혹시 내가 사막이 되어 가는 중일까 두근거림이 시작되는 걸 보니 달이 나를 넘고 있다 거친 숨결이다 몸을 일으키자 여름 여행 함께하고 있는 딸의 목소리가 늑대 울음이라고 답한다 늑대의 울음과 달 울음 사이에 오늘 건너온 사막은 저 혼자 눕는다

도시의 어깨

오후 일곱 시 천안 부근을 지날 때 도시는 비에 젖는다 우산도 없이 지나가는 머리 긴 여자는 봄처럼 웃고 자전거를 타고 가는 젊은이는 빨간 모자를 눌러쓴 채 달리지만 도시는 비에 젖은 깃털을 세우며 물방울 털어 낸다 한 마리 날개 큰 새가 되어 날고 싶은가 자전거도 끌어안고 빨간 모자도 끌어안고 훨훨 날고 싶은가 비 오는 날 차창 밖으로 내다보는 천안, 작은 도시가 빗방울을 털어 내며 날개를 편다 도시의 몸속에서 사람들의 어깨가 둥글어진다 푸성귀처럼

몸이 따뜻한 물고기

물고기 안에는 커다란 집이 있습니다 따스합니다 부풀어 오르는 풍선처럼 가벼워진 별들이 창문을 만들기 시작하자 잘 휘어지는 온기의 촉감이 살아납니다 붉은 개복치의 꿈을 엮고 있는 비늘과 살 속에서 꺼낸 체온은 따뜻한 물방울

검은 옷을 입은 사내가 웃고 있습니다 최초의 온열 어류, 이렇게 부르면서 몸이 따뜻한 물고기를 끌어안고 있습니다 체온이 수온보다 높아 빠르게 헤엄칠 줄 안다는 커다란 물고기 한 마리를 들어 올리고 있습니다 사내의 온몸을 가리고도 넘치는 물고기의 몸속에 따스함이 들어 있다니

따스한 몸속에서는 핏줄이 포개어집니다 드나들며 흐르는 숨소리와 심연에서 그리워했던 하늘을 휘감는 일과 행적을 더듬는 일, 말레이시아 작은 강줄기에서 만났던 반딧불이의 집들이 반짝거리는 어깨를 걸고 무리 지어 옵니다 나무 위에서 집을 짓던 반딧불이들이 날기 시작합니다 춤입니다

쉴 새 없이 가슴지느러미를 움직이며 열을 내는 개복치

가 춤 길을 열고 있습니다 따스함이 그리운 날 가슴지느러미 붉어지도록 움직일 것입니다 춤을 추고 싶기 때문입니다 사내가 안고 있는 개복치 한 마리 키우고 싶습니다 지느러미에서 꽃이 피는 날 몸이 따뜻한 물고기와 함께 따뜻한 춤을 출 것입니다

안개는 젖은 채로 서 있다

몇 년 전 잠깐 들렀다가 간 절물 숲에서 한 삼 일 젖어 있는데 머무는 동안 젖어 있는데 까마귀들은 삼 일 내내 몰려와 놀자고 한다 왜 이리 뜸하게 왔느냐고 묻는다 노는 것도 젖는 것이라고 서로가 서로에게 젖는 것은 꽃밭이라고

절물에서 안개와 까마귀는 함께 논다 젖어 있다 서두르지 않는 장생의 숲길도 젖어 있다 안개 내림이다 빛 내림 없이 모든 것들이 내리고 있다 관통하는 길이다 올라가는 길보다 내려가는 길의 안부는 찬란해서 우리 모두 함께 내려가면 괜찮을까 올라가고 내려가는 길이 섞여 있어 고단한 어깨를 눕히지 않는 안개는 젖은 채로 서 있다

음악의 창고

몸이 춤의 창고임을 알았을 때 꼿발을 들었더니 꽃발이 되었다 두 팔을 펴고 날았다 새처럼 날았다 날다가 다시 걸으면서 그대에게 안부를 묻고 있는 동안 둥그러진 허리를 보고 씩 웃었다 순간 균형이 무너지고 흔들거렸다 쏟아져 나오는 함성으로 더 이상 버틸 재간이 없었다 지천으로 올라오는 함성이 굳어지기 전에 다시 날고 싶었다 나는 날고 싶었다 먼 곳에서 꿈들이 걸어오고 어깨에 세워진 날개의 집들이 무지개로 필 때 반복하는 음, 그 음의 간격이 풀잎들을 흔들어 깨웠다 잠시 멈추어 섰다 진동이 찾아왔기 때문이다 온몸에 흐르는 떨림의 속도로 자귀나무 꽃숭어리는 분홍빛을 감아올리고 내 몸은 창고가 되어 가는 중 음악은 쌓여 가고 있었다

●꼿발: '까치발'의 방언.

파란 T셔츠

여자들이 몰려들었다 수북한 옷가지를 들어 올리다가 휙휙 던지는 손끝이 별처럼 반짝였다 틈이 생겼다 틈새를 비집었다 자꾸 밀려 구멍이 생겼다 구멍 속으로 빨려들어 가듯 밀려들어 가듯 옷 수레 앞까지 떠밀렸다 무섭다는 느낌이 들었다 넘어질 것 같았다 어렵게 비집고 들어왔는데 밀려날 수 없다는 생각이 순식간에 몰려왔다 팔꿈치를 버티고 당찬 여자가 되어 T셔츠 한 장 골라 들었다 어깨에 맞추어 보다가 떠밀려 나왔다 집어 든 앙드레 김 파란 T셔츠 한 장 속에서 수억 개의 파란 신작로가 한꺼번에 쏟아져 나왔다 50% 마감 세일을 들고 여자들이 그렇게 달리고 있었다 끝이 보이지 않았다

무의도(舞衣島)

주전자 속에서 낮달이 뜨고 있었다 천국의 계단을 내려온 낮달은 붉은 난로 속에서 춤을 추었다 달의 춤, 장작불꽃으로 피어올라 제 몸을 밀어 올렸다 노란 주전자들이 주렁주렁 매달린 조개구이집에서 묵은 먼지와 조개껍데기도 남은 살을 덜어 내며 춤을 추었다 생굴 몇 알 숯불 위에서 익어 갈 무렵 나무 창문을 열고 멀리 나간 갯벌들이 돌아와 문을 두드렸다 덩굴식물을 좋아해요 꽃줄기를 타고 다시 바다에 나가고 싶어요 안팎으로 죽죽 뻗고 싶어요 칭칭 감고 싶어요 훨훨 춤을 추고 싶어요 달과 함께 춤추고 싶어요 섬 속에 섬을 만들고 싶어요

노란 주전자들이 부글부글 끓기 시작하자 껍질이 껍질을 잡아당겼다 늙은 햇살이 삐걱거리는 그네를 타며 잇몸을 드러내고 웃었다 춤추고 싶었다

폭포 그 강의 자궁

물의 밑동을 보았다 생성과 소멸의 바퀴가 빙빙 돌고 안개비는 젖은 몸을 내리며 종일 미끄러웠다 그 밑동에서 남해 금산의 해무가 그리워 양파 껍질을 벗기듯 강의 구석구석 누런 거품의 집 속에서 물의 껍질을 벗겼다 물의 알들은 새끼를 껴안고 강의 자궁에서 피는 온갖 들꽃들도 새끼를 쳤다

지상에서 제일 작은 교회 하나가 나이아가라 폭포를 끌어안고 해바라기 한 송이 커다랗게 피우며 염소 섬을 바라보고 웃었다

빙하의 숨구멍

—콜롬비아 빙원에서

얼음을 잡아당겼더니 얼음 닮은 길이 생겼습니다 숨길을 여는 파르스름한 빛이 햇살의 살갗과 뼈를 만지며 길을 냈습니다 욕망의 페달을 밟다가 내려놓으니 길이 생긴 것입니다 교신이 이루어지고 있는 모양입니다

길은 구멍에서 시작합니다 구멍, 그 숨구멍 속으로 얼음의 실핏줄들이 한꺼번에 몰려와 서툰 발짓을 합니다 반복하는 발짓을 잡아채니 어렸을 적 불을 지폈던 아궁이가 들어왔습니다 불 아궁이가 얼음 아궁이 속으로 들어와 커다란 눈을 뜨고 나를 들여다봅니다 젖은 속살과 얼음의 살갗 사이에서 무지개가 뜨고 있습니다 더운 몸속에서 빠져나간 둥근 아궁이와 밖으로 나가던 무지개가 성장판을 흔들며 나를 잡아당겼습니다 겹무지개 뜨는 사이에서 내 키가 조금 높아지고 있습니다

풍경 이동

사과꽃을 만들다가 허물 벗지 못하고 웅크리고 앉아 있는 말들을 보았다 꽃잎 사이사이 사십 년 넘도록 쉬지 않고 쏟아 낸 말의 껍데기가 수북했다 날개 펴는 소리 남기고 미끄러지듯 날아간 천의 아이들, 그 작은 새들이 빚어낸 바스락거림과 바람개비 사이로 백야의 나라에서 이동하던 노란 밀밭과 빨간 지붕들이 스쳐 간다

이동하는 풍경이다 걸어온 길이 이동하고 있다 해와 달과 별의 발자국을 따라 꽃봉오리들이 이동한다 허리에 허리를 잡고 순한 종아리를 드러낸 채 시작하는 맨발의 중력이다 고봉산 허리에서 봄이 꿈틀거릴 무렵 나는 익숙한 풍경의 고리를 다시 당긴다 끌어당긴다

가로지르기를 하다

가로지르기를 한다 가끔 가로지르기를 하다 보면 유쾌해진다 커다란 이문을 본 것도 아닌데 꽤 많은 득을 본 것처럼 순간의 착각을 지천에 놓아둔 채 걷다 보면 나팔꽃 한 송이 한 송이씩 피고 있다 구름은 어깨를 거들먹거리며 지나가고 즐거움은 즐거움끼리 모여 언덕을 타고 오른다 친친 감고 올라오는 줄기 사이를 휘묻이하다가 휘어진 뼈들과 함께 춤을 춘다 그리고 가로지르기한다 사실을 눈치채지 못한 짧은 대낮은 강풍에도 놀라지 않고

모과를 풍장하다

낭창낭창해지려나 새봄의 햇볕에게 맡겨 놓으면 발효를 시작하려나 가슴으로 눕는 모과 한 알이 내게 온 것은 여행의 시작이었을 것. 아니면 인연이었을 것. 새끼손톱만 한 갈빛 반점이 번져 가는 중 들새들에게 내어놓으면 돌아보려나 아직 남아 있는 향기 때문에 조금씩 더 조금씩 건드려 보려나

부드러움과 살아 있음의 날이 주름도 잡히지 않은 채 돌처럼 굳어 가다니 조금 남아 있는 정갈한 향기마저 사라지면 흙으로 가려나 풍장을 해야겠다 들새와 바람과 햇볕과 함께 그의 긴 그림자를 끌어안고 물어보아야겠다 뜨거움은 무엇인지 문득문득 스치고 가는 향기는 어디서 왔는지 이미 사라져 가는 것들에 대한 묵상의 소문

채집한 꿈

비눗방울이며 물방울이었다 바위가 자라는 소리를 듣는 아이들은 누룩의 날개를 달았다 바퀴를 만들었다

대통령, 국회의원, 판검사, 의사, 나이팅게일, 손을 번쩍번쩍 드는 아이들을 제치고 갑자기 눈썰미 가는 희숙이가 꼿꼿하게 일어섰다 농부의 아내가 되고 싶어요 아이들이 까르르 웃었다

웃음 끝에 매달려 그래그래 세계에서 제일가는 부부 농장을 만드는 거야 멋진 농장 주인, 농부의 아내, 대단한 꿈이야 아이들의 웃음소리를 희석하기 위해 나는 자꾸만 군살을 덧붙였다

몇 바퀴를 돌았을까 가수, 탤런트, 개그맨, 축구 선수, 야구 선수를 꿈꾸는 아이들은 가끔 시인과 화가, 소방관 아저씨도 되고 싶다는데 40년도 더 지난 이 한밤중에 농부의 아내가 되고 싶다는 아이가 왜 달맞이꽃으로 피고 있는가

주발

열여섯 해의 주발은 눈동자였다 시냇물처럼 흐르던 눈망울 속에서 미당 시인의 목소리가 들렸다 백일장 시제가 '주발'이었다 연필을 드는 순간 주발 속에서 물고기들이 날기 시작했다 새들의 날개는 지느러미로 흘러

스물여섯 해에 만져 본 주발의 몸은 미끌미끌했다 그 몸에 담긴 막걸리가 물렁물렁했고 우리들의 날개는 빵처럼 부풀었다 달빛으로 반죽한 별들의 몸은 단단한 숨소리로 채워졌고 별들을 반죽한 손은 주발의 밑동을 주무르며

서른여섯을 붙잡고 놓아주지 않았다 기운이 넘쳤다 주발 속으로 들어가 주발이 되었다 눈이 깊은 주발 속에서 간격을 채우려고 물 범벅되어 돌아다녔다 단내가 나도록 뛰어다니던 발목이며 발등에서 피는 꽃이며 허물어지지 않으려는 손가락 끝을 모아

마흔여섯을 끌어올렸다 황량한 들판에 깃발을 꽂고 손의 무게와 뒤꿈치를 훔쳐보며 달을 베어 물었다 달덩어리들이 찾아낸 빗방울은 조금도 따뜻해지지 않았다 쓸데없는 것을 거두어 낼 줄 모르며

붉은 노을 한 접 짊어지고 별똥별 떨어지는 숲에서 출렁거렸다 탱탱한 어깻죽지 그리며 쉰여섯 해는 등 돌리지 말고 가슴 부비며 살자고 조금씩 조금씩 따뜻해지고 있었다 변두리 깊은 곳에서 풀잎들의 살비듬까지 끌어안고

제3부

모자와 시

뼈가 시가 되는 저녁부터
깊은 새벽까지의 간극은

메콩 강물 위로 눈 깜짝할 사이 날아가 버린
가벼운 핑크빛 둥근 모자에 대한 생각과
십 년이 더 지난 오늘
아직도 남아 있는 그 아쉬움의 촉감 같은 것이어서

간밤의 꿈 마디마디에 우두커니 앉아
패랭이 꽃밭 좋아했던 어린 날의
어린 나를 손 붙잡고 불러왔는데
순식간에 어른이 된 내가 다시
그 아이를 꼭 끌어안고
강물에 젖은 모자를 씌우고 있다

시가 날아가 버리면 모자처럼 멀리
날아가 버리면 서러우니까
둥글고 단단했던 그 모자의 뼈를 다시 세우며
꾹꾹 눌러쓴 시 한 편 모자의 어깨에 올리고 있다

고인돌 1

—돌밥상 부근에서

갓 구운 빵 냄새가 날아다니고 있었어요
빵의 향기를 끌어당기며 체온을 높이던 중
고수(古水) 들녘 돌밥상 부근에서
거꾸로 떠오르는 별들을 보고 있었어요
바라보는 것이 아니고 보고 있었어요
반짝거리지는 않았어요
모든 문들이 한꺼번에 열린 것도 아니었어요
저녁 마을과 마을 사이를 서성이지도 않고
오직 춤사위, 초록의 춤사위가 줄기처럼
쏟아져 나오고 있었어요
춤들은 엉키지 않았어요
언덕 부근에서 잠시 머물러 있을 때
어디선가 커다란 봉분들이 몰려와
함께 춤을 추면 한 몸이 된다는 속삭임을 들려주었어요
돌밥상이 꽃무덤 되어 솟아오르는 순간
무더기무더기 피어오르는 꽃들의 기운은
별이 되어 고인돌의 어깨를 흔들었어요
무릎 아래로 허리를 구부리며
거꾸로 들여다보는데
돌밥상 부근에서 막 태어난 따끈한 뿌리들이

꿈틀거리기 시작했어요

오래된 뿌리들은 들판으로 나와서 걷고 있어요

고인돌 2
—꽃밥 한 그릇

새봄이 오면 몸이 젖는다고 말한다
서로 품는다고 말한다
문수사 애기단풍나무의 단단한 꿈과
돌의 핏줄에서 태어나는 잎사귀들이
함께 품고 함께 일어나
휘파람새들과 놀다가 젖는다

돌의 살갗을 만지며 놀다가
앉은뱅이밥상에 둘러앉아
꽃밥 한 그릇 올려놓은
들판의 무게도 젖는다

물 폭풍이 휩쓸어 가도
여름 한낮에 소나기가 쏟아져도
함께 놀러와 뛰어노는
발자국처럼 남아 있는 새들은

파란 소꿉놀이의 파편을 물고
젖은 몸을 털면 몸이 식지 않는다고
적시지 못하는 심장으로는 날지 못한다며

몇 겁의 은하를 돌아서 왔는가
돌아와 여기 돌무덤에서 꽃지문 찍으며
꽃밥의 무게를 묻는가
돌의 무게를 묻는가
함께 젖어 있는 사람들이 돌아눕지 않는 까닭을 묻는다
맑은 하루가 물고기처럼 솟아오르는 까닭을 묻는다

파이프라인은 어디 있을까 1
—탯줄은 물을 그리워하다

탯줄은 물을 기억한다
기억한다는 일은
함부로 말하지 않고 온몸으로 꿈을
꾸는 일이다

어머니의 끝에서 내가 피고 있었다
작은 잎사귀를 들고
피어나는 아침은 찬란했다

혈(泬)이었다 삼백예순다섯 개의
꽃밭에서 생겨난 창문들이 한꺼번에
열릴 때 모래 폭풍이 일었다

이생과 저곳의 생을 이어 주는
고비의 언덕에는 바람이 낳은
맑은 알들이 수북하고
첫울음은 그치지 않는데
한번 떠난 바람은 다시 돌아오지 않는다

풀들이 물을 기억하듯
탯줄이 물을 그리워할 무렵
어린 낙타 울음소리 들리기 시작하면
고비에도 봄이 오는가
털 깎인 늙은 낙타의 등에서 기름이 녹는다

누군가 태어나는 일은 길을 잇는 일
온몸으로 꿈을 꾸며 뺨을 마주 대고
꽃으로 피어나는 일
무게를 나누는 일
몸을 나누고도 몸속에 살아 있는
파이프라인은 어디 있을까

뼈와 뼈 사이 살과 살 사이에 살아 있는
생의 탯줄은 실선이었어 파이프라인

파이프라인은 어디 있을까 2
—간격이 사라지면

향나무 밑에서 그늘을 키우는
바람을 위하여
창문을 여는 일은 아직 유효하다

함양 가는 길에서 웃는 산을 만났다
멀리 앉아 있는 산 물결을 바라보다가
산이 먼저 웃으니 간격이 사라지고
간격이 사라져 손을 내밀었더니
천의 지느러미들이 달을 낳을 무렵
황어 떼가 돌아오는 화개천(花開川)에 내려오라는데

기척도 없이 찾아온 물고기 한 마리가
벌써 나를 읽는다 한참 동안
손바닥을 읽고 난 후 어깨 위로 올라와
등을 읽고 있다
마른 등을 훑고 난 후 사라지는
붉은 띠의 물고기들이 다시 몰려와
내 부끄러움 걷어 낼 때
늑골 속에서 열리는 파이프라인의 경전

수많은 알집에서 쏟아지는
달덩이 달덩어리의 알몸은
함박눈처럼 끌어안고 싶은
따뜻한 생의 봉분
그 봉분 속에서 넝쿨 올리면

차디찬 벽을 들어내고 왕래할 수 있다는데
꽃숭어리 숭어리 사이사이에
바람길이 생기고
창문을 열면 모든 간격이 사라진다는데
나는 왜
산보다 먼저 웃지 못했을까

파이프라인은 어디 있을까 3
—새들의 악보

무더기무더기 날아가는
새들의 날개뼈 사이로 스며드는 길
기울어도 기울어도 길이 난다

길은 태어나기 전에도 길이었지만
새들은 태어나기 전에는 둥근 알
점령한 햇살을 품고 있는
둥근 음악이었네
꽃처럼 피어나는 순간에
마지막 물기를 말리면서
한 움큼 고스란히 덜어 낸
새들의 노래는 알과 알 사이로
쪼개어진 껍질은 껍질 사이로 흐르는
둥근 강 꽃나무 그늘 같은 둥근 강이었네

힘찬 날개를 펴고 함께 도약하는 순간
그 임계점의 황홀한 속도로
허공을 치고 나가는 파이프라인
때로는 꼬불꼬불 감기는

때로는 숨은 눈물을 삼키며 휘어지는
뒷길을 돌아 막 태어나는 하늘을 가네

안과 밖이 함께 들어 있는 맨살의 하늘에서
눈길을 주면 허공에도 길이 생기네
날개뼈 사이사이로 드러나는
지상의 둥근 실체들도
깊숙이 들여다보면 방울방울 움직이는
야생의 봄 꽃망울 같은 악보
그 경이로움의 악보를 물고 날아가는
새들은 새들끼리 왕래를 시작하네
빈 몸과 빈 몸으로 관통하는 새들의 길
파이프라인은 도반이네 한 덩어리의 도반

파이프라인은 어디 있을까 4

—새 뿌리내림을 위하여

고요한 자리에서는 뿌리가 내리고

그 뿌리는 빈 의자 곁에서 길을 낸다

마침내 늙은 집들이 빈 의자에 앉기 시작했다

몇 해 전부터 함박눈만 가득 안고 서 있더니

지나가는 바람만 품고 서 있더니

추적추적 비가 내리는 날에는

발자국을 기다리다가

젖은 소나무에게 한눈을 팔기도 하더니

삐걱거리는 의자에 내려앉아 통증마저 가신

대문 소리를 온몸에 휘감은 채

기다림이 농익어 내리는 파편들을 기억해 내며

이어받고 물려주는 일은

벌거벗은 나이로 추는 춤이라고 말한다

산막이 옛길 벼랑 끝 나무들의 숨소리가

푸른 안개로 피어오르면

옛 나무 스피커, 그 소리 상자가 그리워져

스피커를 타고 세상 밖으로 흘러나왔던

풀꽃 이야기를 엮어 산길 만들까

늙은 집들은 텅 빈 땅에서
물집이 나도록 걷다가
새 뿌리를 위하여 기다린다
빗금으로 서서 기다린다
햇살 들어오는 그 파이프라인을
파이프라인 그 꽃가지 통 안에서
수액이 넘실넘실 출렁거리면
껴안고 싶은 사람들이 보여
더운 밥 한 덩이 나누는 시간에
더운 집 한 채 열리는 둥근 창문을 기다린다

파이프라인은 어디 있을까 5
—몸의 역사

당신의 어깨가 그리울 때

고봉밥을 담아 상을 차린다

여행의 시작은 두근거림이다
차곡차곡 숨겨 놓은 그 두근거림의
꼭지를 당기며 구름을 걸쳐 입고
가벼운 산책을 나가다가
챙이 없는 모자를 눌러쓰는 것이다
서로에게 관을 씌워 주는 노래를
몸속에서 울리는 웃음소리를
귀 세우고 들어 보는 것이다
문을 열지 않고서도
햇살이 쏟아지는 오래된 신전을 만나는 것이다

복제되지 않는 꿈속으로 들어가
서로를 입고 포개어지는
어깨를 만져 주는
새들처럼 힘껏 날아오르며
깃털로 물방울을 날리고

목숨처럼 깨끗한 손으로
껴안고 입 맞추며 허물을 벗는 것이다
허물 벗으며 채워지는 온기로
더운 길 되는 것을 알아차리는 것이다

몸과 몸이 이어지는 생의 길
파이프라인은 묽은 살을 섞는 것이 아니라
눈을 뜨며 몸의 뼈를 세우는 것
어린잎들을 껴안고
단단한 줄기가 자라 오르는 통증을
바라보는 것 아주 천천히 바라보는
눈의 깊이를 간직하는 연습이다
창문을 열고
오래된 나무 그늘에서
꽃들의 뒤꿈치를 띄엄띄엄 밟는 것이다

여섯 개의 푸른 병

키를 낮추며 더 낮추며
박물관 벽을 바라보았을 때
여섯 개의 병들이 하나가 되었다는
기록, 그리고 상점 터에서 발견되었다는
기록, 오카타 주키지 씨가 기증했다는
기록을 읽으며 멈춘 시계를 바라본다

나가사끼 오전 11시 02분 8월 9일

학이 날고 있다 수천 마리의 날개 속으로
학들이 날아다니며 말을 한다

> 바깥에서 다시 태어나고 있어요
> 태어난 푸른 병들이 아기 꽃신을 신고 있어요
> 종이학들이 살아나고 있어요
> 동그랗게 동그랗게 시계가 걸어가요

어찌할 수 없었던 것일까
단단한 몇 개의 파편이 아닌
한 덩어리, 한 몸이 된 병들의 침묵과

아직도 삭지 못한 탄식의 내부에서
도라지꽃처럼 피어 있는 아기 옷은
25년 동안 제 어미의 가슴에 묻혀 있다가
어찌하여 세상 밖으로 나와
바라보는가
해마다 꽃으로 피는가

한 몸이 된 여섯 개의 푸른 병이
폭탄, 그 우뢰가 휘젓고 간 땅에서
어둠을 어떻게 뚫고 있는지 들여다보는데

이상한 희망이다
막 살 오르는 나뭇잎들이 숲으로
태어나는, 탄생하는 진동
앗, 여기 우리 더운 핏줄이 관통하고 있다 푸른 솔밭을

●나가사끼 원폭 박물관에는 녹아내려 한 덩어리가 된 여섯 개의 푸른 병이 전시되어 있다.

손주는 놀다

할머니 귀는 손잡이다
두 귀를 잡고 깔깔거리더니
얼굴에 볼을 비비다가
말의 봇물이 터졌다

할머니 귀는 바람의 집
할머니 귀는 풍선
할머니 귀는 놀이터
할머니 귀는 시이소오
할머니 귀는 포켓몬스터
할머니 귀는 선물 가게
할머니의 귀는 할머니의 손

쉴 새 없이 말과 함께 놀다가 잠이 든다

얼음 호수 위에서

눈이 내리면 봄이 온다

울음 속에서 건져 낸
몇 방울의 뼈와
여자들이 남기고 가는
몇 개의 발자국과
얼음 위에서 단단해지는
몇 번의 폭설주의보

눈송이 같은 오후에
복사뼈에서 피는 산정 호수는
여자들의 발목에 새겨지는
꽃문양이다 꽃자궁이다

껍데기 속에서 껍데기를 줍다

한솔에 가면 껍데기가 없습니다
물고기 지느러미처럼 부드러운 여자들이
얇은 덧옷을 입고 끼리끼리 모여 앉아
익은 달걀에 소금을 뿌려 먹습니다
익숙하게 간을 맞추는 행위입니다
얼음이 둥둥 떠다니는 커피를 마시기도 하고
빨대 꽂은 식혜를 흡입하며
큰소리로 말을 나누다가 까르르 웃기도 합니다
때로는 나란히 누워서
빨래처럼 널어놓은 이야기 속으로 들어갑니다
버무려 놓은 이야기 속이 간이 들 무렵
더운 공기 방울은 수증기가 되어
빗방울이 되어 살갗에 내립니다
소금물입니다
바람에 젖은 감식초를 마시며
늦은 밤까지 수북하게 쌓아 놓은 껍데기 속에서
어느 날은 바다였고 어느 날에는 달이 되었던
알몸의 여자들이 껍데기를 줍습니다
새가 되어 날고 싶은
뜨거워진 공기 방울은 신발을 신지 않습니다

소금을 뽑아내지도 않습니다
고양이 낮잠 같은 꿈을 꾼 뒤 한솔에 가면
물을 섞은 꿈이 파란 고무호스를 타고
젖은 멍석을 적시다가 이동을 시작합니다
막이 뜨거워질 무렵
여자들이 지느러미를 움직이며
다시 들어옵니다 껍데기를 덮고 껍데기 속으로

귀를 접는다

자줏빛 양배추 한 잎 벗겼더니
내 귀를 닮아서
물이 고이는 자리도 닮아서
내 귀에 포개어 보았다

살며시 귀를 접고 눈을 감으니
시냇물 흐르는 소리
바람에 몰려오는 듯
귀를 접으면 접을수록 소란해지더니
웅웅거린다는 말이지
폭풍우 소리가 들려온다는 말이지
천둥소리도 굴러다닌다는 말이지

잠시 소란한 층계를 내려와
푸른 침낭 속에서 선잠을 자는 동안

귀가 잎이 되었다가
잎이 귀가 되었다가
문득문득 고요해질 무렵
자줏빛 양배추 잎에도 귀가 생겨

다시 귀를 접어 포개어 본다

달뿌리풀들도 서로 끌어안았을까
벗겨 놓은 자줏빛 한 잎이 즐겁다

최고(最古)의 얼굴

가장 오래된 턱뼈와
가장 오래된 척추를 가진
4억 년 전의 얼굴이라니
상어와 닮았다니
윈난성 저수지에서 들어 올린 화석으로
돌비늘을 털어 내는 우리들의 오후는
네이처 최신호에 걸터앉아

물고기의 턱이 사람의 턱과
닮았다는 그렇게 닮았다는
얼굴 이야기를 나누면서
즐거운 저녁을 빌린다

우리들의 얼굴은 어디서 왔을까
매우 흥미로운 질문을 던진다

완벽한 턱 엔테로그나투스
턱과 얼굴의 뼈 사이사이로
오늘 밤 수많은 별들이 떠오를 것이라는 예감

•엔테로그나투스(Entelognathus): '완벽한 턱'이라는 뜻으로, 4억 1,900만 년 전 실루아기의 턱뼈와 척추를 가진 원시 화석이다.

소금 바구니

비가 내리는 날 증도에 가면
혼자서 앉아 있는 햇살이
잠시 몸을 눕히는 소리 들을 수 있다

아주 느리게 돌아눕는 사이
땀에 젖은 옷을 내려놓는 염부는
소금 박물관 안에서 기다리는
그의 가슴을 살짝 엿볼 수 있어

소금밭 늑골과 늑골 사이를 지나
맨발로 걸어오는
함초 묶음 한 아름 품을 수 있어

비가 오는 날 증도에 가면
갯바구니 안에서
자줏빛 풀들이 서로 통하는 것을 볼 수 있다

한 몸이 되는 천지간의 목숨들이
서로 몸을 빌려 주며
소금 바구니 안에 가득 쌓이는 것을 볼 수 있다

물방울 속에서 풍경을 읽다

비릿한 수증기들의 집에는
젖은 방들이 있어

들어오는 풍경마다 젖는다
놀라움도 천천히 스며든다

그 젖은 방에 잠시 누워 있다가
눈을 뜨니
물방울들이 나를 내려다보고 있다

풍경들의 군단이다
나는 왜 부끄럽지 않을까

루부탱의 신발을 신어요

깊은 밤에 짧은 시 한 편을 읽다가
낮에 본 기사를 문득 떠올린다

굽 높이 18㎝, 크리스탈 구두
신을 수도 없는 그 직각의 구두를
화사하게 올려놓고
루부탱이 작품을 만드는 중이라는

신발 한 켤레 만들기 위해
비행기도 타고 바다도 건넌다고
인터뷰하는 루부탱, 그의 말은

여자들은 하이힐을 신으면
기분이 좋아진다고
자신감도 생기고
행복감이 든다고
풍경의 중심에 서서
사고 싶어 하도록 만들고 있다니

11월에 한국에 왔다 간 멜라니아도

루부탱을 신었어요

머리가 긴 여기자의 목소리가
초겨울 새벽 비처럼 혼자서 내리고 있다

•루부탱: 프랑스의 구두 디자이너. 아찔한 하이힐 하면 떠오르는 브랜드로 유명하다.

붉은 상현달은 낙산에서 뜬다

연두색 줄무늬의 저녁 옷은 헐겁다
밀봉되어 있던 헛꿈들이
미끄러지듯 빠져나가고
통유리문 밖에서 거닐던 사람들도 사라지고
새벽 낙산사에 들르겠다는 친구도 가고

헐거워진 옷깃을 여미며
돌아누워 더 힘껏
낙산 앞바다를 끌어안는 순간

붉은 달이에요 아, 상현달

밤 파도 부서지는 간격은 더 팽팽해진다
끌어안고 있던 바다를 풀어놓고 일어서니
붉었다 해처럼 붉었다
떠오르는 붉은 상현달의 몸에서
바다가 흐르고 있다니
바닷물이 붉어지고 있다니

오, 생성의 비밀

달의 살은 점점 더 차오르고
점점 더 붉어지기를 그치지 않고
달의 몸에서 출렁거리는 고통의 질감이여
한없이 깔끔해서
눌리지도 않고 휘날리지도 않아

오직 낙산 앞바다에서만 떠오르는
달은 달에게 꽃은 꽃에게
꽃은 달에게 달은 꽃에게 휘어지는 저녁이다
젖은 땅과 마른 땅의 교감이다

달이 떠오르는 순간에 낙산에서는
헐거워진 줄무늬 옷깃을 여미지 않는다

시인의 밥

수락산 밑에서 서울을 왕래하던 시인의
낡은 외투에서 꽃눈이 생겨난다

생겨나는, 살아나는 봄의 비밀

물이 물이 아니었다
물이 밥이었다

맥주 한 병 대접받았던
오래된 즐거움을 끌어안고 돋아나던
꽃받침의 온기와
단돈 천 원을 빌려 마셨다는 막걸리 한 사발이
고봉밥으로 둥둥 떠다니는 신의 은총이었다는데

시인에게는 설익지 않았던 완전한 밥이여
그 밥사발 밑동에 드리운
몇 뼘의 그늘을 나는 왜 보는가
지하 어둠에서 부서졌던 뼈와 뼈 사이의
살 마르던 고통의 날개 아직 서리고 있는가

햇살 맑은 봄날 오후, 시를 읽으며
멋진 세상이 나타난다고 좋아했던
시인의 선글라스를 내가 쓰고
막걸리 잔에 섞이고 있는
브람스 교향곡 4번을 읽는다 시인의 웃음을 듣는다

봄의 직선이 내 등 뒤에서 지금 막 살아나는 중이다

•천상병의 시 「막걸리」를 읽고.

제4부

붕어 운동을 하다가 잠들었는데

강물 따라 춤을 추며 흘러간 까닭은
그 푸른 동해에 닿아
가슴이며 등허리에서 탄생하는
꽃지느러미 꽃지느러미가 피는 까닭은
내 꼬리뼈에 홍매화 한 송이 피어난 것이었으니

지난밤 내내 한 마리의 붉은 물고기가 되어
온통 꽃 피는 물고기가 되어
꽃상여를 타고 싶다던 어머니를 만난 일이었으니

새처럼 훨훨 날고 싶다 하시더니
오래오래 전에 채비해 둔
수의를 가끔 들여다보시더니
서로 곱게 여기고 사랑하라는 말
살며시 남기고 가시었는데

붕어 운동을 하다가 잠든 내 머리맡에서 오늘은
한 땀 한 땀 꽃수를 놓으시며 나를 들여다보시네

밥으로 오십니까, 왜

단 둘이만 있다는 것을 알아차리자
문득 묻고 싶었습니다
밥으로 오시는 까닭을 묻고 싶었던 것은
궁금해서가 아니라
물에 젖은 태풍이 몰려간 후
초가을 햇살이 쏟아졌기 때문입니다

제 비늘을 벗습니다
스스로 감싸기도 했고
때로는 타인들이 겉포장을 해 주기도 한
생의 한복판에서 빌려 온 그 껍질 위의
반짝이는 비늘을 털어 내면서
주체할 수 없었던 것은 아니지만
이제 즐거움이 조금씩 쌓이기도 했으니

끌어안아 주시렵니까
당신 옆구리의 상처 안에서
집을 짓겠습니다 식탁이 부드러운
그 집에서 익숙한 것들과
낯선 것들 사이에

작은 밥그릇을 놓고 싶습니다

마당 꽃밭이 그리워질 때마다
빗방울로도 오시니 이제
밥으로 오시는 까닭을 묻지 않을 것입니다
위안의 협곡을 지나 노을을 볼 수 있기 때문입니다

용기

—김수환 추기경님을 추모하며

그날 포개어진 손을 보았습니다
깨끗한 손으로 빚으신
커다란 그릇 속에서
바람꽃들이 피는 소리를 들었습니다
빛을 엮던 몸 내려놓으시고
한 사람 한 사람 우리들을 만나고 계셨습니다

명동 길목 길목을 돌고 돌아 나와
광야를 지나온 것처럼
그날은 아이들도 청년도 어른도
황혼 길에 들어서 백발이 된 자도
수천의 순례자가 되어
가난한 이들의 마음에서 꽃이 피고
억눌리고 갇힌 자들의 시린 손끝에
더운 핏줄이 열려
길이 나는 것을 보았습니다

소통과 화해의 꽃등을 켜고
서로 살 맞대고 사는 날을 위하여
구유처럼 품어 안으신

님의 질그릇은
햇살로 반죽한 빵이었습니다
참다운 제자의 길이었습니다

옹기 안에 가득 별이 찼습니다
남은 자들 머리 위에서
고맙습니다 서로 사랑하세요
별이 눈을 뜨고 웃습니다
지금 우리 함께 호미를 들고
그 별을 파종하시는 님의 두 손을 봅니다

초록 식탁 위의 빵

—발 씻김 예식 중에서

봄비는 내리지 않았고
호수공원의 튤립 꽃밭에서도
튤립은 아직 피지 않았습니다
저녁 식탁이 준비되는 동안에
초록의 식탁이 고요해지는 시간에

허리춤에서 풀어낸 흰 수건의 촉감이
발등에 내릴 때, 발 씻김
그 낯선 말 때문에
잠시 우리는 젖어 있었습니다

떠날 준비를 하고 일어서는, 안녕
몸이 된 빵의 촉수
홀로 껴안을 외로운 저녁 예감
발을 감추며 날아가는 새들

씻김받은 발가락 사이사이의 평온으로
성목요일 밤에 빵을 먹었습니다
들깨꽃 향기 가득한 날
따뜻한 잠을 청하던 날의 나는

쪼개어진 빵을 받아서 먹었습니다

안녕이라고 손을 흔들지 않았습니다
봄비는 곧 내릴 것입니다
튤립들이 금방 피어나 손을 흔들 것입니다

종탑에 오르다

—클레리구리스 성당에서

헌책방에 쌓아 올린 오래된
시집 냄새가 젖어 있어
낡고 바스러질 것 같은
시집의 첫 장을 넘길 때처럼 조심조심
이백스물다섯의 돌계단을 오르니
중세의 바람들이 서로서로 손을 잡고
휘청휘청 섞이는 소리와
혼자서 놀다 돌아가는 햇살의 등 뒤에서

얼마나 많은 날들이 살처럼 섞였을까
얼마나 많은 종소리들이 새처럼 날아갔을까

포르투, 이 작은 도시의 빈 하늘 아래
에피클레시스 이 거룩한 변화를 위하여
누군가의 아침기도를 위하여
누군가의 삼종기도와 저녁기도를 위하여
하루에도 몇 번 이 돌계단을 오르내렸을
종을 치던 사람의 발자국 소리가
행간을 이루는 시의 몸이 되어

몸 하나 겨우 밀어 올릴 수 있는
이 어두운 돌계단을 딛고 성큼성큼
낯을 가리지 않고 다가와서
벽돌빛 꽃다발을 한 아름 가득 안기고 가는데

오래된 시집 냄새에 젖은 나는
도오루 강변에서 붉은 지붕으로 활짝 피고 있다

●에피클레시스(epiclesis): 성체 변화 직전 빵과 포도주 위에 성령 강림을 기구하는 기도.

꽃십자가

볼 수는 없는데 보이지도 않는데
빛을 따라가며 볼 수 있는 아이가
그림을 그렸다
안과 밖을 깊숙이 들여다보며
가슴을 읽고 무릎을 읽었다

가슴을 맞댈 때마다
무릎을 만질 때마다
옆구리에서 피어나는 꽃
못 자국 위에서 웃는 아버지
아버지의 꽃으로 십자가를 그렸다

안으로 깊숙이 들어갈 때마다
밖으로 나오며 웃을 때마다
십자가는 꽃으로 피어 피어 눈부신데

어쩌다 올려다본 내 십자가에는
가시만 가득 꽂혀 있다

마음을 얼마나 덜어 내어야 꽃이 보일까

얼마나 가슴을 열어야 나는
꽃십자가를 그릴 수 있을까

보이지는 않지만 볼 수 있는
아홉 살의 승리는 비닐 커튼을 걷고
함께 꽃을 심자고 손으로 웃는다
옆구리에서 꽃이 피어나고 있는 비밀이다

•꽃십자가: 충주성모학교(시각 장애 특수학교)에 재학 중인 승리가 2009년 미술 작품전에 출품한 꽃십자가.

가슴 구유

어머니, 오늘 저녁 늦을 무렵
밀짚을 깔겠습니다
보이지 않는 가장 가슴 깊은 곳
내 작은 구유 위에
함박눈 내리는 소리를 듣고 싶습니다

베들레헴, 그 빵의 집으로
오시는 소리
가난할 줄 아는 사람의 발자국으로
맨발로 내려오시는 그 소리 듣고 싶습니다

어머니, 오늘은 대림 세 번째 주일
장밋빛 촛불을 켰습니다
설레임의 기쁨 타오르며
마른 밀짚들이 바스락거립니다
가슴속에서 길이 열리는 소리입니다

새하얀 초에 함께 불을 켜는 날
하늘과 땅 사이에 길이 생겨
모든 물들이 일어서고

모든 사람들은 일어서서
뜨거운 포옹을 할 것입니다

내가 빵으로 웃을 때

귀가 웃을 때는 빵이 될 수 있었다
빵의 살을 쪼개며
어느 날은 빵이 되고 싶었다

빵 속에 숨어 계시는 님을 만나면
뜨거워서 꽃이 핀다고
사람과 사람 사이에 빵이 있어
무더기무더기 뜨거운 꽃이 핀다고

늙은 귀로 기록하였다
모든 촉감을 열고
사이와 사이에서 오는 즐거움으로
살과 뼈 사이의 간격을
꽃과 꽃의 사이를 기록하였다

빵으로 웃을 때 귀가 웃었다
이명이 아니었다
내가 빵으로 다시 웃을 때
모든 간격은 사라지고
빵의 박동 소리가 들렸다

님이 따뜻한 빵으로 오시는 중이었다

피에타

사람들은 가슴이 아프다고 말합니다
가슴이 찢어져 아프다고 합니다
그러나 어머니 당신은 침묵하셨습니다

가슴 사이사이로 스며드는
침묵의 길로 들어서서
말씀과 살을 껴안은 채

십자가에 못 박히심은 침묵이라고
십자기에 못 박히심은 사랑이라고

예감된 고통이셨습니까
불더미였습니까
사랑 덩어리셨습니까

내 몸속에서 낡은 악기 하나 꺼내어
연주를 시작하겠습니다
사랑은 침묵이라고
십자가에 못 박히심은 사랑이라고

사람들은 어머니를 그리워합니다
어머니는 늘 그렇게 우리 곁에서
사랑은 덩어리여야 한다고 내어 주십니다

빛·성녀 클라라

물 주전자와 몇 개의 빵이 올려진
포르치운클라의 숲속
그 바위 식탁에 둘러앉았을 때
프란치스코의 푸른 어깨 위로 타오르는
한 줄기의 큰 빛을 감아 안았으니

비단옷을 벗어던지고
집을 떠나던 날의 한밤중에
맨 발자국마다 담긴
가난의 깊이는 천 겹의 목마름
그 갈증의 산을 넘어 더 깊어졌으니

사라센 군인들을 향해
높이높이 들어 올린 성광
그 성체의 빛으로
침략하던 자들의 발길을 돌려세우던
오래된 상본(像本) 한 장의 기억은
온통 지금, 여기를 빛으로 덮고 있어라

대희년의 여름에 성문은 열리고

아씨시에서 님을 만나고 돌아오던 날
성광을 든 님의 장엄한 모습은
성전 안, 비둘기의 발목에서도
비둘기의 날개 속에서도
빛나는 나의 성채였어라
깨끗한 밥으로 빚은
'지극히 높은 가난'의 수도원 창문이었어라

•포르치운클라(Porziuncula): 성 프란치스코와 성녀 클라라의 고향 아씨시에 있는 숲.

붉은 부채와 서재 사이

부채가 웃었습니다
유리방에서 몸을 활짝 열고
구름의 크기를 재는
간간이 번져 오는 즐거움의
줄기까지 잡아당기는
붉은 부채는 살로 태어나고 있었습니다

맨드라미 꽃살처럼 웃는
전주에 내려오면
서까래를 올리고
정갈한 숨소리 들리는 미세기 창문 만들어
작은 서재 한 칸 들이고 싶었습니다

부채를 폅니다
뒷몸에 서식하고 있는
꿈으로 춤을 춥니다
휘돌아 춤을 춥니다
그럼에도 불구하고
알몸으로 지내고 싶은 움직이는 고요

그것이 헛것이었을지라도

사방에서 몰려오는 천년 숨소리

맑은 몸으로 서재 한 칸 짓습니다

붉은 부채와 서재 사이

겨울 창문은 닫히지 않았고

닥나무는 길을 세우며 혼자 웃었습니다

11월 금요일 밤에 함께 있었다
—리스트와 라흐마니노프는

가슴뼈 사이로 파고들어 온 빛줄기들이
나를 붙잡고 놓아주질 않는다
어젯밤 그곳 거기에서 일어났던 일

리스트의 시작이고 종교적인 선율 중 1, 4, 6, 7, 10
라흐마니노프의 첼로 소나타 사단조, 작품 번호 19

빈 건반을 두드리기 시작했을 때
첼로의 현은 새처럼 날아오르고
아기를 안고 있는 성스러운 어머니는
그곳 성당, 명동 한가운데에서
둥둥 떠오르는 지상의 별들을
하늘로 올리고 계셨다
음악은 이미 기도였다
소리 없이 하늘로 오르는 연주는
나를 끌어안고 오르는 자줏빛 구름이었다

몸은 기도의 집을 짓기 시작하고
들판의 집에 내려온 별들은
그 별들은 다시 돌아가지 않고

내 살 속 깊은 곳에서 반짝였다

진즉 나는 아기였다
어머니가 품고 있는
엔리코 파체와 양성원의 것이 아닌
리스트와 라흐마니노프의 것도 아닌
11월 금요일 밤에는 오직 나의 음악이었다

•엔리코 파체: 이탈리아 출신의 세계적인 피아니스트. 리스트의 「순례자의 해」 발매로 최고의 찬사를 받았다.

•양성원: 서울 출신. 바흐 무반주 모음곡 전곡 독주회 등. 세계적으로 사랑받는 첼리스트다.

보원사지에 놀러 오시다

돌의 무릎은 아직 삭지 않았다
무릎과 무릎 사이로 햇살이 몰려와
돌들이 살아나는 오후
살갗 열어 그 몸속에
붉은 철주를 세우는 일이
겨울 햇살의 몫이라니
무슨 일이 일어나고 있는 것일까

우리가 도착한 시각에
빈 물그릇처럼 서 있던 들판 저쪽에서는
덧집 벗는 소리 들렸다는데
본디 집은 햇살이었고 바람이었고
나무 이파리와 새들의 날개였다는데
덧집을 벗으며 집이 아니었다고
다시 웃는 서산 마애삼존불은

가끔 이곳으로 건너오시어
빈터의 무릎과 무릎 사이에
햇살 한 가닥 올려놓으시고
돌과 돌의 어깨 사이로

늙은 새의 꼬리를 만지며 노시다가
그 미소를 살며시 두고 가시니

살점 그리운 날이면 생 몸으로
성큼성큼 걸어 나와
저 혼자 묵정밭을 갈고 있는
겨울 낮달의 골반에서 달꽃이 핀다

꽃이 핀다
누구는 꽃을 보고
누구는 그 꽃 속에서 허물을 벗는가

와온에서 붉은 산을 만나다

식은 재는 하얗다
식은 재는 불티가 되어 날기도 했다

붉은 속살이 조금씩 보이지만
아주 뜨거울 것 같아서
꽃무릇 꽃무릇 색깔이어서
붉은 불씨의 날개를 잊을 수가 없어서
바닷가에서 저녁을 순장하며 말을 한다

멀리 가지 마, 흰 몸으로
가볍게 날아가지 마
바닷물에도 내리지 마
떨어져 내리지 마

대나무 발 그 사이사이로 끼워 넣은
굴의 씨앗들이 이제는 큰 몸이 되어
어깨가 굵어지고 살이 올랐으니
가벼워진 대나무의 발들은 낡아서
새 기운을 얻지 못하고 있으니

솔섬을 건너오는 날에는
엄숙한 황홀을 위하여
그 태반을 태우는 것인가
붉은 겨울 불꾸러미로 순장하는가

헐렁헐렁해진 마을을 바라보며
어디선가 몰려왔던 날의 겨울과
몇 뿌리 남은 겨울 대파들이
태반의 기록을 유인하는 저녁의 와온이 붉다

뿔

팽팽한 슬픔을 아시는가 빈터에 앉아서 여며질 대로 여며진 가슴을 깊게 숙이고 있는 것을 보고 계시는가 빠져나갈 수 없는 저 정직한 슬픔의 넓이를 헤아리시는가 어둡고 긴 통로에서 봄·작가 겨울 무대 위로 울부짖는 뿔의 절규

뿔이 잘려 나가는 사슴의 마음을 아세요?

초여름 사슴농장에서 잘린 뿔은 다시 자라나고 사슴이 된 젊은 배우는 커다란 눈동자로 관객을 빨아들인다 며칠째 빈 몸으로 운다 매일매일 잘려 나가는 뿔이 매일매일 자라나는 속울음을 감아쥐며 복사뼈 부스러지는 목숨의 길을 감는다

아빠, 울어?
아빠는 어른이잖아 안 울지 아빠는 어른이잖아

따뜻한 저녁 방에서 꽃대 올리며 솟아오르는 힘, 가족, 그 절정이여 참으로 괜찮다

•뿔: 정소정 작가의 소설 「뿔」을 희곡화한 연극으로 직장인의 애환을 그린 2012년도 최우수 선정작.

은밀하고 팽팽한 경계에서

—병(甁)의 화가 모란디를 만나다

몸이 두근거린다 몸이 두근거리다니
인디언 핑크빛 그 꽃비늘 때문일까
혹시 그가 떠나고 문이 잠기었을까

겨우내 날만 잡다가
마지막 날 늦은 오후에
그를 만나기로 한 약속을 후회하다가

덕수궁으로 가던 길 밖에서
국경 없는 의사회를 만나
가느다란 서명을 하고 서두르며
서둘러 미술관 계단을 오르다
숨을 몰아쉬고 들어서니

그의 누이들이 흰색 병을 들고
푸른빛 작은 방울을 들고
꽃 무더기무더기 병에 꽂으며
가슴이 뛰고 있느냐고 묻는다

몸이 두근거린다고 말하려다가

산수유 꽃망울처럼
몸이 트일 것 같다고 대답을 하니
빈 병들이 친구들처럼 앉아 있는
조르지 모란디의 작은 방에서
햇살들이 자꾸만 자꾸만 스며들어 와
내 몸에서 꽃이 자꾸만 핀다 꽃.꽃.꽃

피는 꽃숭어리의 촉감이
병과 병 사이에 들어앉으니
경계가 사라진다
팽팽한 그러나 은밀한 속도의 드나듦으로
빈 병으로 시를 쓰는 그는 언제
푸른 병을 들고 다시 올 수 있을까

고리 또는 고리의 숲

—어머니의 몸

더운 물속에서 어머니의 몸을 만진다 살점 그리워 아린 꽃이다 살 마르는 껍질의 껍데기 봄 젖 빨고 싶은데 어머니가 배내옷을 입고 웃으신다 내 살과 어머니의 뼈 사이에 달이 떠 물이 생긴 후

아침은 수런거렸다 물뿌리개 들어 올릴 힘조차 소진한 두 손으로 꽃숭어리 젖가슴을 풀어헤쳐 물을 꺼내시는 어머니

몸을 늘려야 했다 고리를 만들고 고리를 이어 생을 늘려야 했다 이제 꽃송이들은 모두 떠나고 빈 병으로 우는 완벽한 쓸쓸함의 물젖 냄새는

지난밤 내내 새우 껍질 벗는 소리와 함께 몰래 빠져나간 물소리였다 몸이 비었다 빈 몸에서 깨어나는 주름살 저녁 숲의 혁명이다

반딧불이를 찾아가다

우리를 기다리는 야생의 어둠이다

비밀의 문을 밀고 지나가듯
낮은 산의 능선을 넘듯
보트를 젓는 깡마른 사내는
검지손가락을 세워 입술을 가리고
따스한 소리도 아니 된다고 신호를 보낸다

초저녁 말레이시아 어둠은
작은 강의 볼륨을 타고
맨살의 달빛을 만지고 있는데

오, 별 무더기
오, 크리스마스트리
반짝이는 반딧불이의 몸들이
적멸보궁이다 적막이다

몇 번의 떨림을 거쳐야
우리는 빛을 발할 수 있는가
몇 벌의 옷을 벗어야 우리는 모여 사는가

살의 존재론, 지상의 에피파니

이찬(문학평론가)

살의 존재론: 원초적 세계와 고고학적 시간의 깊이

김영자의 시집 『호랑가시나무는 모항에서 새끼를 친다』는 '살'의 존재론으로 집약될 수 있을 시인의 독특한 이미지 조각술과 예술적 사유를 품는다. 이는 지난 세 권의 시집 『양파의 날개』(2000), 『낙타 뼈에 뜬 달』(2004), 『전어 비늘 속의 잠』(2008)에서 이번 시집 『호랑가시나무는 모항에서 새끼를 친다』에 이르기까지 시인의 일관된 상상력의 지력선에서 뽑어져 나온 것으로 보인다. 또한 저 '살'은 시인의 고유한 심미적 감수성과 그 직관력의 중핵을 꿰뚫을 수 있는 단자론적 이미지(monadological image)로 기능한다. 김영자의 많은 시편들에서 지속적으로 등장하는 '살'이란 세계의 무수한 사물들의 '몸'과 '살'을 어루만질 수 있는 유일한 통로인 시인의 '몸'이 한데 어우러질 때 빚어지는 것이기 때문이다.

날이 갈수록 가벼운 것이 좋아진다 가벼워진다는 것은 무릎의 각도를 펴고 바람을 쐬는 일 조금 더 무게를 덜어 내며 무게와 무게 사이로 물길을 내는 일이다

물들이 지나가는 것을 바라보며 차곡차곡 챙겨 넣어 두었던 계단 아래 창고 속에서 탈출하는 아침, 평퍼짐하고 가장 가벼운 옷을 고른다 색깔도 맵시도 다 버리니 매달릴 일 없어 잠시 누워 있다 일어나기도 하고 그대로 다시 누울 수 있으니 좋다

살 안에서 살 밖으로 살 밖에서 살 안으로 드나들 수 있으니 묶인 것들을 적시고 적신 것들을 다시 풀어 햇살에 내어 놓으니 아침이 솜털처럼 웃는다 향낭이다

—「가벼운 것이 좋다」 전문

「가벼운 것이 좋다」는 시인 제 자신의 몸의 세계와 세계의 몸이 만나는 자리, 그 보이지 않는 공실존(co-existence)의 상황을 섬세한 촉수로 응시하고 있을 뿐더러 그것에 예민하게 감응하고 있다는 사실을 넌지시 암시한다. 또한 3연의 "살 안에서 살 밖으로 살 밖에서 살 안으로 드나들 수 있으니"라는 구절에 깃든 존재론적 자리바꿈(displacement)의 과정들, 그 가역성(可逆性)의 흔적들을 "아침이 솜털처럼 웃는다"라는 산뜻하고 싱싱한 촉감의 이미지로 건넨다. "나는 많은 화가들이 증언하듯 사물들이 나를 바라보고 있는

듯한 느낌을 받는다. 결과적으로 나의 능동성은 똑같이 수동적인 것이다"(모리스 메를로-퐁티, 『보이는 것과 보이지 않는 것』)라는 말이 선명하게 표상하듯, 이 시집 곳곳에 아로새겨진 '살'이란 세계와 사물들이 지닌 질료적인 신체성의 총합을 뜻하지 않는다. 오히려 보이고 만져지고 들리는 것 등등의 감각적 질료들이 우리에게 선사하는 마음결의 얼룩, 흔적, 울림 같은 것들을 쓸어안는다. 곧 마음과 풍경, 주관과 객관, 자아와 세계가 서로의 자리를 넘나들 수 있는 상호 가역성의 무대, 그 감각적 회통의 자리를 마련한다는 것이다.

따라서 이 시편의 첫머리에 등장하는 "날이 갈수록 가벼운 것이 좋아진다"라는 이미지는 비단 시인의 주관적인 심리 상태만을 뜻하지 않는다. 도리어 그의 마음결을 여러 갈래로 물들이고 있는 무수한 경험의 지평들이나 억압의 구조들에서 자유롭게 날아올라, 있는 그대로의 세계의 몸에 제 몸을 고스란히 내맡길 수 있는 원초적 자유 상태에 다다르려는 움직임 전체를 휘감는다. 이는 그 모든 인위적인 코드와 시스템을 벗어난 것일 수밖에 없기에, "무릎의 각도를 펴고 바람을 쐬는 일"이자 "조금 더 무게를 덜어 내며 무게와 무게 사이로 물길을 내는 일"일 수밖에 없을 것이다. 하이데거의 빼어난 통찰처럼, "무게"란 우리 일상을 그 무언가에 빠져 있음(Verfallen)의 상태로 휘몰아가는 갖가지 인간적 표상들과 사회적 기호들을 뜻하기 때문이리라.

이처럼 시인의 온몸에 깃든 일상의 "무게"는 또한 "차곡차곡 챙겨 넣어 두었던 계단 아래 창고 속에서 탈출하는 아침"과 "평퍼짐하고 가장 가벼운 옷을 고른다"는 이미지를 수반할 수밖에 없었을 것이다. 또한 그것은 "색깔도 맵시도 다 버리니 매달릴 일 없어 잠시 누워 있다 일어나기도 하고 그대로 다시 누울 수 있으니 좋다"라는 시인 제 자신의 깊고 깊은 속마음을 읊어 대는 자리로 나아가게 했을 것이 틀림없다. 저 이미지들의 의미 매듭을 구성하는 "계단 아래 창고"와 "색깔과 맵시"와 "매달릴 일" 같은 시어들은, 나날의 삶을 꼴 짓는 상징적 질서(the symbolic order)의 기호들일 수밖에 없다. 나아가 "매달릴 일 없어"라는 시어처럼, 그야말로 원초적인 자유의 상태를 만끽하기 위해서는 무수한 편견과 선입견과 그 모든 경험의 침전물들을 탈피하여, 나의 몸과 세계의 몸이 지극히 순수하고 자유롭게 마주치는 '살'의 존재가 필수 불가결할 것이다. 따라서 "살 안에서 살 밖으로 살 밖에서 살 안으로 드나들 수 있으니"라는 이미지는 저토록 자유로운 몸들의 상연 무대이자 자리바꿈의 상황인 '살'을 도드라진 필치로 소묘한 것일 수밖에 없으리라.

> 꽃의 살을 만질 수 있다 그곳에 가면
> 흰 꽃숭어리들이 문밖에 서 있어
> 젖은 까닭을 물으면서
> 그 어깨를 툭툭 건드릴 수 있다
>
> 손이 손에게 스며드는

깨끗한 탯줄을 타고
서로가 서로에게 젖어드는
문살에서 피는 꽃줄기를 보면서
내소사 그 오래된 집에 가면
헐렁한 속살을 칭칭 감고
천년 나무의 몸속에 들어설 수 있다

—「꽃문」 부분

절물에서 안개와 까마귀는 함께 논다 젖어 있다 서두르지 않는 장생의 숲길도 젖어 있다 안개 내림이다 빛 내림 없이 모든 것들이 내리고 있다 관통하는 길이다 올라가는 길보다 내려가는 길의 안부는 찬란해서 우리 모두 함께 내려가면 괜찮을까 올라가고 내려가는 길이 섞여 있어 고단한 어깨를 눕히지 않는 안개는 젖은 채로 서 있다

—「안개는 젖은 채로 서 있다」 부분

몸이 춤의 창고임을 알았을 때 꽃발을 들었더니 꽃발이 되었다 두 팔을 펴고 날았다 새처럼 날았다 날다가 다시 걸으면서 그대에게 안부를 묻고 있는 동안 둥그러진 허리를 보고 씩 웃었다 순간 균형이 무너지고 흔들거렸다 쏟아져 나오는 함성으로 더 이상 버틸 재간이 없었다 지천으로 올라오는 함성이 굳어지기 전에 다시 날고 싶었다 나는 날고 싶었다 먼 곳에서 꿈들이 걸어오고 어깨에 세워진 날개의 집들이 무지개로 필 때 반복하는 음, 그 음의 간격이 풀잎들

을 흔들어 깨웠다 잠시 멈추어 섰다 진동이 찾아왔기 때문
이다 온몸에 흐르는 떨림의 속도로 자귀나무 꽃숭어리는 분
홍빛을 감아올리고 내 몸은 창고가 되어 가는 중 음악은 쌓
여 가고 있었다

—「음악의 창고」 전문

인용 시편들은 시인이 체득한 '살'의 존재론이 여러 갈래로 번져 나가고 있음을 예시한다. "꽃의 살을 만질 수 있다"는 「꽃문」 첫머리의 육감적 형상에서 읽어 낼 수 있듯, 시인의 이미지 조각술과 예술적 상상력은 자연 사물들의 오랜 시간적 내력과 그 '살'의 내밀성을 어루만지려는 자리에서 움트는 듯하다. 이런 상상력의 밀도는 "내소사 그 오래된 집에 가면/헐렁한 속살을 칭칭 감고/천년 나무의 몸속에 들어설 수 있다"에 켜켜이 쌓인 사물의 내력과 그 시간의 흔적을 고스란히 되찾으려는 존재론적 기투(企投)를 낳는다. 시인은 "꽃의 살"을 지금-여기, 좁디좁은 찰나의 시간을 스쳐 가는, 제 심미적 완상과 쾌감을 즐기기 위한 취미-도구나 완롱물(玩弄物)로 여기지 않는다. 도리어 그것의 "살을 만"지기 위하여 "천년 나무의 몸속에 들어"서려는 고고학적 사유의 모험과 더불어 그 엄청난 시간성의 굴곡들을 오롯이 되살려 내려는 상상력의 고투를 기꺼이 감행하려 한다.

이와 같은 '살'의 존재론은 「안개는 젖은 채로 서 있다」 「음악의 창고」 같은 시편들에서도 그대로 이어지는 것처럼

보인다. 시인이 표방하는 '살'의 존재는 우리들의 몸과 사물들의 몸이 함께 뒤섞이고 다르게 변용되면서, "음악"처럼 새로운 소리들과 잔상들이 빵처럼 부풀어 오르는 공간, 그 관계 맺음의 사건들이 무한히 일어나는 시공간적 상황들을 가리킨다. 따라서 「안개는 젖은 채로 서 있다」에 등장하는 "안개와 까마귀", "장생의 숲길" 같은 자연 사물들이 각자의 '몸'의 테두리를 벗어나, "함께 논다"는 공실존의 무대로 휘감겨 들어가는 것 역시 자연스런 리듬감을 품는다. "우리 모두 함께 내려가면 괜찮을까 올라가고 내려가는 길이 섞여 있어"라는 탁월한 공실존의 이미지가 암시하듯, '살'이란 세계 삼라만상이 특정한 신체적 도식(schéma corporeal)에 따라 감각하는 자의 '몸'과 마주치게 되는 그 관계 맺음의 사건들 전체를 가리키기 때문이다.

메를로-퐁티가 '체화된 의식(conscience incarée)'이란 용어를 통해 우리 몸에 이미 배어든 의식적 차원을 강조하면서, 단지 정신의 명령을 수행하는 것에 불과한 수동적인 몸이 아니라 '생각하는 몸'의 능동적이고 주체적인 면모를 강조했던 것처럼, 「음악의 창고」의 "몸" 이미지 역시 "춤"과 "음악"에 감응하는 '생각하는 몸'을 현시한다. "몸이 춤의 창고임을 알았을 때" "내 몸은 창고가 되어 가는 중 음악은 쌓여 가고 있었다"와 같은 이미지들이 강렬한 형세로 내뿜는 것처럼, "춤"이란 이미 그 자체로 '생각하는 몸'에서 오는 것이며, "음악" 역시 "몸"이라는 "창고"에 "쌓여" 있던 것이기 때문이다. 따라서 시인은 "춤"과 "음악"이 정신적이거나 의식적인 차원에서 발하는 것이 아니라, 오히려 세계의 몸이 품은 그 '살'의 리듬을 우리 몸이 그대로 받아안을 때 솟아나는 것이라는 말을 건네고 있는 셈이다. 아니, 우리의 몸과 세계의 몸이 함께 만나고 뒤섞이는 상호 침투의 상황과 그 순간의 밀도에서 "음악"과 "춤"으로 소묘된 '살'의 존재가 빚어지고 있다는 사실을 생생하게 소묘하고 있는 것이리라. 결국 시인이 형상화한 '살'로서의 "춤"과 "음악"이란 우리 안쪽인 동시에 바깥쪽인 뫼비우스의 띠, 그 가역적 관계의 밀도를 현시하는 형상들일 수밖에 없기에.

아날로지: 물활론과 단자론적 형이상학

홍릉수목원 나무병원 앞을 지나자 혈색 좋은 귀룽나무 한 그루가 나를 불러 세웠다 악수를 청하다가 그만 그의 검은 알몸을 쓰다듬고 말았다 까만 살결 모서리에 켜켜이 쌓여 있는 따스함은 살비듬 사이사이로 올라와 있는 이 생의 마력

분명한 것은 볼륨이었다 통째로 잠든 흰 꽃숭어리의 볼륨은 혹독한 겨울 옆구리에서 금방이라도 튀어나올 것만 같아 휘청거렸다 피워 내는 일보다 더 휘청거리는 일이 있을까 꽃범벅 휘어지는 무게만큼 황홀한 것이 또 있을까 출산을 앞둔 그녀의 몸이 내 품속으로 들어와 진통을 시작한다

귀룽나무 부풀어 오르는 홍릉 숲의 근육은 봄이다

—「귀룽나무」 부분

「귀룽나무」를 마름질하는 이미지 조각술의 중핵은 물활론(hylozoism)의 상상력, 또는 애니미즘의 사유에서 오는 것처럼 보인다. 이는 특히 "혈색 좋은 귀룽나무 한 그루가 나를 불러 세웠다 악수를 청하다가 그만 그의 검은 알몸을 쓰다듬고 말았다" 같은 구절들에서 도드라지게 나타난다. 이들은 그저 수사학적 기교로서의 의인법을 활용한 것이라기보다는, 세계의 모든 사물들과 우주 삼라만상이 그 자체로 생명을 갖추고 있어서 생동하는 움직임을 가진다고 보는 물활론, 또는 생물과 같은 유기체적 존재는 물론이고 그 모든 무기체적 사물들에게도 생명과 영혼이 존재한다고 믿는 애니미즘의 세계관을 집약적으로 표현한다. "출산을 앞둔 그녀의 몸이 내 품속으로 들어와 진통을 시작한다"라는 이미지 또한 이와 같다. 저 이미지 역시 무속인들이 체험하는 빙의 현상을 환기시킬 뿐만 아니라, 자연 사물의 정령신앙으로 표상되는 애니미즘과 더불어 상이한 영혼을 지닌 존재들이 하나의 몸체에 깃들여지는 이른바 '접신술'로 표상되는 샤머니즘이 한데 결합한 형태를 보여 주기 때문이다.

햇살 한 줌으로 물구나무서는 나무들이

배꼽을 드러내고 성찰하는 오후

늙은 나무의 무게보다 더 찬란했을

새잎 한 장 태어나는 유쾌한 황홀로

바람이 걷는다

햇살이 걷는다

젖은 나무들이 걷는다

뿌리를 끌어안는 생잎사귀들은 속삭인다

좀 쉬어 가도 괜찮아요

절정이다 싶으면

잠시 머물다 가도 괜찮아요

몸속에 푸른 바람이 생기고 있으니

라일락 꽃숭어리처럼 안고 가세요

우듬지에 담아서 나누어 가세요

서로서로 손을 잡고 가슴 껴안는

따스한 날 물속에서 걷는다

제 무릎 아래 꽃무릇 세상 만드는 선운사의 나무들은

—「나무는 걷는다」 부분

기척도 없이 찾아온 물고기 한 마리가

벌써 나를 읽는다 한참 동안

손바닥을 읽고 난 후 어깨 위로 올라와

등을 읽고 있다

마른 등을 훑고 난 후 사라지는

붉은 띠의 물고기들이 다시 몰려와

내 부끄러움 걷어 낼 때
늑골 속에서 열리는 파이프라인의 경전

수많은 알집에서 쏟아지는
달덩이 달덩어리의 알몸은
함박눈처럼 끌어안고 싶은
따뜻한 생의 봉분
그 봉분 속에서 넝쿨 올리면

차디찬 벽을 들어내고 왕래할 수 있다는데
꽃숭어리 숭어리 사이사이에
바람길이 생기고
창문을 열면 모든 간격이 사라진다는데
나는 왜
산보다 먼저 웃지 못했을까

—「파이프라인은 어디 있을까 2」 부분

「나무는 걷는다」「파이프라인은 어디 있을까 2」 같은 시편들에도 수사학적 기교로서의 의인법보다는 시인의 윤리적 태도나 세계관으로서의 물활론과 애니미즘이 깃들어 있는 것처럼 보인다. 가령 「나무는 걷는다」에 나타난 "바람이 걷는다/햇살이 걷는다/젖은 나무들이 걷는다/뿌리를 끌어안는 생잎사귀들은 속삭인다" 같은 이미지들 역시 단순한 의인법으로 파악하기 어렵다. 특히 "속삭인다"라는 발화 수

반 행위(illocutionary act)의 구체적 수행 내용을 담고 있는, 그 아랫자락의 "좀 쉬어 가도 괜찮아요/절정이다 싶으면/잠시 머물다 가도 괜찮아요/몸속에 푸른 바람이 생기고 있으니/라일락 꽃숭어리처럼 안고 가세요/우듬지에 담아서 나누어 가세요" 같은 형상들이 내뿜는 심미적 영기(靈氣)를 살갗에 이는 소름처럼 생생하게 느껴 보라.

이 형상들은 "바람" "햇살" "젖은 나무" "생잎사귀들"로 표상되는 자연 사물들이 우리 인간들에게 베푸는 감각적 조화의 향연, 곧 '살'의 세계에 가닿으려는 실천의 벡터를 현시한다. 이는 자연 사물들을 영혼과 생명을 품은 능동적 행위 주체처럼 간주하지 않고서는 나타날 수 없을 것이라는 점에서, 애니미즘에 육박하는 사유의 밀도를 품는다. 나아가 자연 사물들에게 우리 인간들과 똑같은 주체성의 지위와 수행성의 권리를 부여하고 있다는 사실을 암시한다. 이렇듯 김영자의 많은 시편들이 자연 사물들에게 우리와 동등한 지위와 권리를 되돌려줄 때, 그 이미지들은 물활론과 애니미즘의 색채를 띠게 될 뿐만 아니라, 근대과학 발생 이전까지 동서양을 빠짐없이 관류했던 보편적 인식소(épistémè)로서의 아날로지, 또는 '유비적 세계상(analogical vision)'을 타고 흐르게 된다. 더 나아가, 그 뒷면의 사이 공간에서는 인간중심적인 사유 체계를 넘어서 그 외부 존재들의 '살', 즉 그들의 실존의 내력과 감각의 구체성을 함께 나누고 앓으려는 '타자성의 윤리학'이 침묵의 말처럼 어룽대며 솟아오른다.

따라서 「나무는 걷는다」의 마지막 대목에 등장하는 "서로서로 손을 잡고 가슴 껴안는/따스한 날 물속에서 걷는다"는 시인이 지닌 '타자성의 윤리학'을 축약하는 제유(提喩)의 이미지일 수밖에 없으리라. 그것은 세계의 구석진 자리로 내몰린 하찮은 사물들이나 미미한 존재들조차도 "손을 잡고 가슴 껴안"으려는, 그리하여 그런 "따스한 날"을 함께 "걷는다"고 말할 수 있을 화엄 세계의 황홀경을 암묵적으로 흩뿌려 놓기 때문이다. 그리고 바로 이 자리에서 현현하는 것은 시인의 바깥에 거주하는 존재들을 제 몸처럼 느끼고 사랑하려는, 경건하면서도 부드러운 '타자성의 윤리학'이기 때문이리라.

"기척도 없이 찾아온 물고기 한 마리가/벌써 나를 읽는다 한참 동안/손바닥을 읽고 난 후 어깨 위로 올라와/등을 읽고 있다"라는 이미지가 선명하게 드러내는 것처럼, 「파이프라인은 어디 있을까 2」 역시 물활론과 애니미즘의 상상력을 드넓게 펼쳐 놓는다. 그러나 "차디찬 벽을 들어내고 왕래할 수 있다는데" "창문을 열면 모든 간격이 사라진다는데" 같은 라이프니츠의 '단자(monad)'와 '예정조화(harmonie preetabilie)'를 환기시키는 이미지들을 겹쳐 놓음으로써, 그것을 좀 더 차원 높은 형이상학적 아날로지로 다시 이끌어 올리는 듯 보인다.

라이프니츠에 따르면, 이 세계는 무수한 단자들로 이루어져 있으며 그 각각은 창(窓)과 입구를 갖고 있지 않기에, 서로 독립되어 있을 뿐더러 상호 인과관계를 가지지 않는다. 그럼에도 그들 사이에 조화와 통일이 존재하는 것은, 신(神)이 미리 정한 법칙에 따라 단자들이 작동하는 저 '예정조화'가 세계에 미리 부여되어 있기 때문이라 할 것이다. 어쩌면 시인은 라이프니츠의 '예정조화설'에 가까운 자신의 직관적 상상력을 물활론과 애니미즘으로 표상되는 유비적 세계상에 덧붙임으로써, 그것을 좀 더 심원한 형이상학적 차원으로 고양시키고 있는지도 모른다.

그러나 시인의 형이상학적 직관은 추상적인 개념들이나 언설들을 결코 동반하지 않는다. 오히려 그의 시편들에서는 세계의 무수한 자연 사물들의 '살'을 어루만지면서, 이들의 내밀한 실존의 역사와 함께하려는 감각적 차원의 일체화 또는 회통의 휘황한 실감들이 단단하게 벼려진 이미지들로 아름답게 펼쳐져 있다. 달리 말해, 그의 형이상학적 아날로지는 무수한 자연 사물들의 몸을 넘나들면서 그들 사이에 존재하는 예정조화의 운명선을 '살'로 표상되는 감각적 일체화의 생생한 장면들로 펼쳐 놓는 섬세한 예지와 드넓은 직관력을 동시에 품고 있다는 것이다.

가령 "생굴 몇 알 숯불 위에서 익어 갈 무렵 나무 창문을 열고 멀리 나간 갯벌들이 돌아와 문을 두드렸다 덩굴식물을 좋아해요 꽃줄기를 타고 다시 바다에 나가고 싶어요"(「무의도」), "풀들이 물을 기억하듯/탯줄이 물을 그리워할 무렵/어린 낙타 울음소리 들리기 시작하면/고비에도 봄이 오는가"(「파이프라인은 어디 있을까 1」), "서로에게 관을 씌워 주는 노래를/몸속에서 울리는 웃음소리를/귀 세우고 들어 보는 것이다/문을 열지 않고서도/햇살이 쏟아지는 오래된 신전을 만나는 것이다"(「파이프라인은 어디 있을까 5」) 같은 이미지들을 다시 천천히 음미해 보라. 만일 "생굴"과 "풀"과 "노래"와 "웃음소리"라는 단자에 주름진 무한한 사건의 계열들이 마치 살아 꿈틀거리는 시간의 파노라마처럼 당신의 눈앞에 펼쳐진다면, 당신은 이미 신성한 비의로 휘감긴 김영자 시의 '살'을 어루만지고 있는 중일 테다.

교양소설: 성숙의 황홀경과 일상성의 초월

단 둘이만 있다는 것을 알아차리자
문득 묻고 싶었습니다
밥으로 오시는 까닭을 묻고 싶었던 것은
궁금해서가 아니라
물에 젖은 태풍이 몰려간 후
초가을 햇살이 쏟아졌기 때문입니다

제 비늘을 벗습니다
스스로 감싸기도 했고
때로는 타인들이 겉포장을 해 주기도 한
생의 한복판에서 빌려 온 그 껍질 위의
반짝이는 비늘을 털어 내면서
주체할 수 없었던 것은 아니지만
이제 즐거움이 조금씩 쌓이기도 했으니

끌어안아 주시렵니까
당신 옆구리의 상처 안에서
집을 짓겠습니다 식탁이 부드러운
그 집에서 익숙한 것들과
낯선 것들 사이에
작은 밥그릇을 놓고 싶습니다

마당 꽃밭이 그리워질 때마다
빗방울로도 오시니 이제
밥으로 오시는 까닭을 묻지 않을 것입니다
위안의 협곡을 지나 노을을 볼 수 있기 때문입니다

—「밥으로 오십니까, 왜」 전문

「밥으로 오십니까, 왜」는 시인이 오랜 세월 동안 제 가슴팍 깊은 곳에서 둔중하게 벼려 온 것이 틀림없을 신성성의 현현, 곧 에피파니의 생생한 실감을 "밥"의 형상으로 응결시킨다. 이 형상은 "초가을 햇살" "노을" 같은 시어들과 유사성의 원환(circle of resemblance)을 이룰 뿐만 아니라, 그 뒷면에 시간의 축적에 따른 인격적 성장을 중핵으로 삼는 교양소설(Bildungsroman)의 원숙한 광휘를 흩뿌려 놓는다. 특히 2연에서 펼쳐진 "제 비늘을 벗습니다/스스로 감싸기도 했고/때로는 타인들이 겉포장을 해 주기도 한/생의 한 복판에서 빌려 온 그 껍질 위의/반짝이는 비늘을 털어 내면서” 같은 구절에는 일상의 구조적 안정성을 유지하기 위하여 시인이 뒤집어쓸 수밖에 없었을 페르소나, 그 가식적 얼굴을 찢고 나오려는 내성(內省)의 추동력이 주름져 있다. 따라서 그 뒤를 잇는 “주체할 수 없었던 것은 아니지만/이제 즐거움이 조금씩 쌓이기도 했으니” 같은 이미지가 저 내성의 결실로 획득되는 인격적 성장의 서사, 교양소설의 주도 동기(leitmotif)를 에두르게 되는 것은 지극히 자연스럽다.

이처럼 내면적 성찰과 교양의 비전을 휘감은 이미지들이 시집 곳곳에서 현현하게 되는 까닭 역시 시인의 깊은 마음결에 깃든 신성한 것을 향한 간절한 염원에서 온다. 아니, 나날의 삶의 ‘빠져 있음’ 상태를 넘어서려는 심미적·윤리적 초월의 몸짓, 그 신성성의 비의를 나날의 삶의 현장에서 오롯이 찾아내려는 실천의 몸부림에서 온다. 따라서 김영자 시에 깊숙이 드리워진 신성성의 음영은 실상 종교적인 것이라기보다는, 심미적 감각의 낯선 비의와 사회적 실천의 참된 윤리를 가로지르는 지평 융합의 자리에서 생성되는 것이 틀림없다. 이는 시와 예술에서 공히 나타나는 심미적 감각의 새로운 현현 순간들과 더불어, 세계의 후미진 자리에 처박힌 낮고 병들고 궁핍한 것들을 폭넓게 감싸려는 시인의 포용력과 실천의 지평이 한데 융합되어 있다는 것을 암시하는 것이기도 하다.

가령 “유년의 햇살을 한 가닥씩 찾아내는/선운사 뒤안 그 동백나무 숲에서/맨발의 아이들과 맨손의 아이들은/갓 태어난 울음 냄새를 알 수 있을까”(「동백나무 숲에 모이다」), “초여름 사슴농장에서 잘린 뿔은 다시 자라나고 사슴이 된 젊은 배우는 커다란 눈동자로 관객을 빨아들인다 며칠째 빈 몸으로 운다 매일매일 잘려 나가는 뿔이 매일매일 자라나는 속울음을 감아쥐며 복사뼈 부스러지는 목숨의 길을 감는다//(중략)//따뜻한 저녁 방에서 꽃대 올리며 솟아오르는 힘, 가족, 그 절정이여 참으로 괜찮다"(「뿔」)에 깃든 저 가슴 벅찬 정동(affect)의 순간들을 똑같이 체험해 보라.

이들은 시인이 지금-여기의 삶을 구성하는 '비본래적 실존(Uneigentliche Existenz)'의 무수한 상황들이나 우리 모두를 '빠져 있음'의 상태로 휘몰아가는 이런저런 세속적 표상들과 규범적 기호들을 훌쩍 뛰어넘어, 보다 높은 차원으로 승화된 교양의 세계에 거주하려 한다는 사실을 넌지시 가리킨다. 이는 상반된 두 갈래의 방향으로 나아간다. 하나는 「동백나무 숲에 모이다」의 "갓 태어난 울음 냄새"로 표상되는 원초적 순수 세계로의 귀환이라는 내러티브이고, 다른 하나는 「뿔」의 "솟아오르는 힘"과 "절정"으로 집약되는 미래를 향한 내면적 성숙과 교양의 황홀경이라는 라이트모티프이다. 이 둘은 실상 동일한 기원에서 자라난 쌍생아 같은 것인지도 모른다. 양자는 모두 하나같이 지금-여기를 구성하는 현재적 삶을 '비본래적 실존'으로 바라보면서, 그 시간의 테두리에서 훌쩍 날아올라 과거의 원초적 순수 상태로 귀환하거나 내면적 성숙의 휘황한 미래를 예감하는 초월성의 벡터를 품은 것일 수밖에 없기에.

「동백나무 숲에 모이다」가 "유년의 햇살"로 예시되는 동화적 모티프를 품고 있음에도 불구하고, 끝내 교양소설의 면모를 띨 수밖에 없는 까닭 역시 이와 같다. 이 시편에 등장하는 "맨발의 아이들과 맨손의 아이들"이란 유년의 회감(Erinnerung)이 불러들인 원초적 순수 상태의 특정 장면들을 비유하지 않는다. 오히려 '비본래적 실존'에 둘러싸인 채 '빠져 있음'의 상태로 꾸역꾸역 살아갈 수밖에 없을 우리 일상인들이 "솟아오르는 힘"으로 성취해야 할 인격적 고양 상태를 가리킨다. 아니, 그 모든 교양의 서사에 잠재될 수밖에 없을 내성적 추동력의 "절정"을 일컫는다. 또한 우리가 발 딛고 살아가는 자본주의 세계의 비속성과 자기기만을 선명한 필법으로 묘사한 「파란 T셔츠」「껍데기 속에서 껍데기를 줍다」「루부탱의 신발을 신어요」 같은 시편들 역시 동일한 맥락을 구성한다. 이들이 제 뒷면에 말없이 드리우는 것은 물신주의 세계의 비루한 실존을 넘어서, 더 나은 삶의 차원으로 나아가려는 내면적 성숙의 황홀경, 그 눈부신 미래의 예감이기 때문이리라.

따라서 이 시집은 과거를 회감하는 노스탤지어의 시간을 찾아갈 때조차 미래의 성숙을 위한 황홀경의 시간으로 열린다. 아니, 저 고고학적 시간의 '살'로 흠씬 젖어드는 경우조차도 가슴 벅찬 미래를 예감하는 교양의 비전을 거느린다고 말하는 것이 옳겠다. 이 시집 전체가 교양소설의 모티프를 품는다는 말은 바로 이런 의미에서다. 여행지에서 도래한 심미적 감흥과 전율을 섬세하게 묘사한 「나무는 나무에게 간다」「별의 내부」「빙하의 숨구멍」「폭포 그 강의 자궁」 역시 교양의 비전으로 수렴된다. 이 시편들 역시 현재적 실존을 넘어서려는 존재론적 기투와 신성성의 비의를 여행지의 경건하면서도 휘황한 풍경들에서 재발견하기 때문이다. 아니, 그 풍경들이 가져다주는 새로운 심미적 감각의 도래를 마치 신성성의 비의가 현현하는 에피파니의 순간들처럼 감수하고 있기에.

트라이앵글: 지상의 에피파니와 진·선·미의 융합

헌책방에 쌓아 올린 오래된
시집 냄새가 젖어 있어
낡고 바스러질 것 같은
시집의 첫 장을 넘길 때처럼 조심조심
이백스물다섯의 돌계단을 오르니
중세의 바람들이 서로서로 손을 잡고
휘청휘청 섞이는 소리와
혼자서 놀다 돌아가는 햇살의 등 뒤에서

얼마나 많은 날들이 살처럼 섞였을까
얼마나 많은 종소리들이 새처럼 날아갔을까

포르투, 이 작은 도시의 빈 하늘 아래
에피클레시스 이 거룩한 변화를 위하여
누군가의 아침기도를 위하여

누군가의 삼종기도와 저녁기도를 위하여
하루에도 몇 번 이 돌계단을 오르내렸을
종을 치던 사람의 발자국 소리가
행간을 이루는 시의 몸이 되어

몸 하나 겨우 밀어 올릴 수 있는
이 어두운 돌계단을 딛고 성큼성큼
낯을 가리지 않고 다가와서
벽돌빛 꽃다발을 한 아름 가득 안기고 가는데

오래된 시집 냄새에 젖은 나는
도오루 강변에서 붉은 지붕으로 활짝 피고 있다

—「종탑에 오르다」 전문

「종탑에 오르다」의 부제 "클레리구리스 성당에서"가 선명하게 일러 주듯, 이 시편 역시 여행지에서 시인이 온몸으로 체감했을 심미적 황홀경을 형상화하고 있는 듯 보인다. 그러나 그것은 "성체 변화 직전 빵과 포도주 위에 성령 강림을 기구하는 기도"로 풀이된 "에피클레시스"라는 가톨릭의 종교적 엠블럼(emblem)을 도입함으로써, 한층 더 경건한 광휘를 덧씌운다. 또한 맨 앞머리로 솟아오른 "헌책방에 쌓아 올린 오래된/시집 냄새가 젖어 있어"라는 편린은 시적인 것 또는 심미적인 것이 저 신성성의 비의와 소리 없이 겹쳐 울려 나는, 높고 거룩하고 아름다운 장면을 연출한다.

그럼에도 불구하고, "밥으로 오십니까, 왜"라는 제목에 주름진 것처럼 이 시집이 소묘하는 에피파니의 실감은 '성령 강림'으로 표상되는 특정 종교인 가톨릭의 차원에 머무르지 않는다. 오히려 저 에피파니는 "시집"과 "밥"으로 집약되는 예술적인 것과 사회적인 것 또는 심미적인 것과 윤리적인 것이 상호 융합되는 자리에서 신성성의 비의가 도래한다는 사실을 암시한다. 아니, 우리가 살아가는 이 지상의 삶으로 현현할 수 있다는 것을 현시한다. 따라서 이 시집은 신성성의 비의를 특이점(singularity)의 중심에 배치하면서, 심미적인 것과 윤리적인 것을 제 양변(兩邊)으로 삼는 보이지 않는 삼위일체, 진·선·미의 트라이앵글을 완성한다.

가령 "시인에게는 설익지 않았던 완전한 밥이여/그 밥사발 밑동에 드리운/몇 뼘의 그늘을 나는 왜 보는가/지하 어둠에서 부서졌던 뼈와 뼈 사이의/살 마르던 고통의 날개 아직 서리고 있는가"(「시인의 밥」), "음악은 이미 기도였다/소리 없이 하늘로 오르는 연주는/나를 끌어안고 오르는 자줏빛 구름이었다"(「11월 금요일 밤에 함께 있었다」), "시가 날아가 버리면 모자처럼 멀리/날아가 버리면 서러우니까/둥글고 단단했던 그 모자의 뼈를 다시 세우며/꼭꼭 눌러쓴 시 한 편 모자의 어깨에 올리고 있다"(「모자와 시」) 같은 이미지들을 보라. 이들은 시와 예술이 품을 수밖에 없을 심미적 감각의 혁신을 종교적·형이상학적 차원의 신성성의 비의로 이끌어 올리는 높고 경건하면서도 아름다운 순간을 또렷하게 소묘한다.

반면 "그날은 아이들도 청년도 어른도/황혼 길에 들어서 백발이 된 자도/수천의 순례자가 되어/가난한 이들의 마음에서 꽃이 피고/억눌리고 갇힌 자들의 시린 손끝에/더운 핏줄이 열려/길이 나는 것을 보았습니다"(「옹기」), "어쩌다 올려다본 내 십자가에는/가시만 가득 꽂혀 있다//마음을 얼마나 덜어 내어야 꽃이 보일까/얼마나 가슴을 열어야 나는/꽃십자가를 그릴 수 있을까"(「꽃십자가」), "예감된 고통이셨습니까/불더미였습니까/사랑 덩어리셨습니까//내 몸속에서 낡은 악기 하나 꺼내어/연주를 시작하겠습니다/사랑은 침묵이라고/십자가에 못 박히심은 사랑이라고"(「피에타」) 같은 이미지들은 세상의 그늘진 곳을 "사랑"으로 감싸려는 "내 몸속"의 "연주", 곧 시인의 사회적 실천 의지를 표상한다.

그리하여, 시인이 "소통과 화해의 꽃등을" 켠 위대한 사제를 추모하면서, 그의 "질그릇"을 "햇살로 반죽한 빵"이자 "참다운 제자의 길"(「옹기」)로 공언할 때, 그것은 비단 가톨릭이라는 특정 종교의 교리나 신앙에 그치지 않는다. 도리어 그 교리적 차원을 초월하여, "적멸보궁"(「반딧불이를 찾아가다」)과 "보원사지"(「보원사지에 놀러 오시다」)로 집약되는 그 모든 신성성의 비의를 드넓게 품을 수밖에 없을 시인의 태생적인 체질을 암시한다. 또한 이 신성성의 비의를 우리가 살아가는 지상의 삶 속에서 "사랑"을 구현하는 사회적 실천 행위로 치환하면서 그 헌신의 자리로 나아가려는 시인의 근원적인 삶의 태도를 표현한다.

김영자의 많은 시편들에서 "밥"이나 "빵" 같은 일용할 양

식이 자주 등장하는 까닭도 이와 같다. 시인은 나날의 삶의 뼈대를 이루는 경제적·육체적 생활 속에서 신성성의 비의가 현현하는 에피파니의 순간을 찾아내려 할 뿐만 아니라, 그것을 지상의 비루한 삶 속에서 수행하려는 실천가의 면모를 지니고 있기 때문이다. 아래 새겨진 "빵 속에 숨어 계시는 님"이나 "님이 따뜻한 빵으로 오시는 중이었다"가 현시하는 저 지상의 에피파니에서 바로 직감할 수 있는 것처럼.

귀가 웃을 때는 빵이 될 수 있었다
빵의 살을 쪼개며
어느 날은 빵이 되고 싶었다

빵 속에 숨어 계시는 님을 만나면
뜨거워서 꽃이 핀다고
사람과 사람 사이에 빵이 있어
무더기무더기 뜨거운 꽃이 핀다고

늙은 귀로 기록하였다
모든 촉감을 열고
사이와 사이에서 오는 즐거움으로
살과 뼈 사이의 간격을
꽃과 꽃의 사이를 기록하였다

빵으로 웃을 때 귀가 웃었다

이명이 아니었다

내가 빵으로 다시 웃을 때

모든 간격은 사라지고

빵의 박동 소리가 들렸다

님이 따뜻한 빵으로 오시는 중이었다

—「내가 빵으로 웃을 때」 전문